晋作に銭を持たすな

原 雄治

HARA YUJI

幻冬舎MC

晋作に銭を持たすな

目次

天狗の申し子

一六〇〇年の関ヶ原の戦いで惨敗した毛利輝元は、中国地方全九カ国を領土とする大大名から周防《すおう》・長門《ながと》の二カ国、今の山口県の五分の一の領土に激減されながらも長州藩の藩祖として生き残った。そして家来達は広島から日本海側の未開の三角州の土地に移住した。家来達には激減した領土に応じて五分の一の待遇しか与えることが出来ず、辛うじて藩士に認定された者でも扶持は五分の一であった。輝元に付いてきた士族はこの新天地でしか生き延びる術《すべ》はなかったから、殆どの藩士は中間《ちゅうげん》やあらゆる身分に身を落とすことを厭わず、養子縁組などの手段も駆使して富農を中心に受け入れてもらって生き延びようとした。加えて長州藩は徳川幕府から関ヶ原の戦い以前に徴収して既に使い果たしていた旧領土の一年分の年貢を新領主に返済せよと命じられ、長州藩民全員が塗炭の苦しみを味わった。

一六〇三年。日本海沿いの阿武川が造ったほぼ無人の三角州が萩と名付けられて防長二カ国を領土とする長州藩の城下町と定められ、人口三万人を擁する長州藩の歴史が始まった。

この時から二三〇余年後。幕末の長州藩は十一代藩主の失政で藩財政が大赤字となり、藩存続の深刻な危機に直面していた。その為村田清風《せいふう》に代表される抜本的な藩政改革が断行され、その流れは黒船来襲で大揺れに揺れる日本にあって、吉田松陰や周布政之介《すふまさのすけ》に引き継がれていた。

この時代背景の中で長州藩に若き救世主が登場した。

若者は自分の直感と洞察力通りに言動する舞の名手で、歴史の嵐に真っすぐに向き合い、嵐と一体となって幼子のように舞った。

この救世主こそ、一八三九年八月二十日、高杉家二〇〇石の嫡男として生まれた高杉晋作である。

晋作は萩城の本丸内にあって上級武士だけが住む区域である堀内に生まれ、父の小忠太と母の道の、男の子としては一粒種の嫡男として大切に育てられた。

高杉家は安芸武田の有力武将で、毛利元就が戦国大名となった時から彼を助けて毛利家に忠義を尽くしてきた。その誇りを代々受け継いでおり、萩移住以降は大組《おおぐみ》に位置付けられる、一五〇石取りの上級藩士であった。

父の小忠太は盆栽と歴史が好きで、嫡男である晋作には横紙破りの言動を慎み穏便に世間を渡ることを求めた。

小忠太は特に毛利藩誕生の時の経緯に詳しく、そこから毛利家の生き方と高杉家の生き方を学んできた。

今毛利藩は関ヶ原以前のように中国地方九カ国のほぼ全てを支配する大大名ではなくなっていた。それでも高杉家が上級藩士として処遇されているのは毛利元就時代から続く先祖代々の命懸けの忠義によるものであり、毛利家と高杉家の先祖の霊に感謝し、足を向けて寝てはいけないと小忠太は考えていた。

それにしても毛利藩の藩祖である毛利輝元公の愚か者だったことよ。

安芸の北で小領主から身を興し戦国大名となった毛利家十二代当主元就公の言い付けにある「天下のことには口を出すな」という戒めを守らず、徳川家康と対抗する側の謀略渦巻く天下盗りの旗頭《はたがしら》に祭り上げられ、それを唯々諾々《いいだくだく》と受け入れて惨敗した。その結果、毛利領は防長二カ国だけとなった。

人柄が純粋だからというだけでは謀略戦の大将として臨む資格はない。むしろ謀略戦では、純粋さは要の人の魂を揺さぶる力があると同時に、敵からは格好の標的にされるという短所がある。輝元公はこうした基本についての自覚が全くなく、したたかな徳川家康にいいようにされた。

小忠太は、こうした家訓を晋作の元服の時に言い伝えようと決心していた。元服は晋作十五歳の誕生日とし、そのお祝いを天狗寺でやってもらった後、晋作に五日間の講義をしてその中で伝えようと考え妻の道に相談していた。

晋作の母・道は歌舞音曲が好きな粋人で、晋作には「男と生まれてきたからには世間をブリ回して、世間から一目も二目も置かれる偉大な人になれ」と諭して晋作を育てていた。

道は夫小忠太の考えに賛成して「二人できちんと祝い、そして小忠太が考える高杉家の家訓を晋作に分かりやすく伝えましょう」と答えてくれた。

そんな折の夜。晋作がいつものように悪戯して泣かした子の母親が晋作の家に怒鳴り込んできた。晋作四歳の時のことである。

その親子の家は同じ堀内にあり、石高は晋作の家より一桁多かった。

「高杉家では自分の子にどんな躾をしているんですか。本来なら普通にものを言うことも許されないほど家格が違うのに、こともあろうに神聖な円政寺の境内で、天狗面を使ってうちの子を怖がらせて泣かせるなど許せません」

この母親は道と同じくらいに若く子育ては初めて、しかも第一子が嫡男ということもあって神経質になっていた。社交的な付き合いは近所付き合い同様に苦手だったが、晋作と同じ年くらいの嫡男が泣いて帰ってきたことには我慢出来なかったのである。

晋作は幼い頃から近所の天狗寺を遊び場として育った。

子供の喧嘩を巡る母親同士の角突き合いに道はすぐに詫びたが、内心では相手から「家格の違い」が持ち出されたことに大いに憤慨した。

道はその場では自分の言い分を抑えていただけに、その日の夜の夫との寝物語でこの憤慨を打ち明けた。道は「世間をブリ回っしゃりさん」という信条で晋作を育て、子供には子供の世界があるという考えから、子供同士の悪戯に介入してくる他家の母親の過保護は不当だと小忠太に訴えたのだった。

小忠太は、三日後に道に言った。「晋作の元服の儀式を三カ月早めよう。そして元服を機に天狗面の悪戯はやめるよう言おう」。道も賛成した。

騒動の元になった天狗の面は、高杉家の近くにある真言宗金毘羅社円政寺の象徴だった。円政寺は神仏混淆で長州藩の祈祷所でもあったから、拝殿に大きな天狗の面が掛けてあったのだ。晋作は疳の虫が強い子で怒りん坊だったから母の道は晋作がもの心ついた頃から円政寺に連れていき、天狗面を見せて「武士たる者いかなる苦難にも負けるな。困難辛苦に打ち勝ってこそ生きる値打ちがある」と幾度となく呪文のように諭し続けていた。

布団の中で抱き合いながら道の愚痴を聞いた小忠太は、その時は妻の憤りを聞いてやるだけにして眠った。

それから三日後、小忠太は晋作を自分の部屋に呼んだ。

趣味の盆栽の手入れをやめて晋作を招き寄せた父は、息子の目を真っすぐに見て優しく語りかけた。

「おまえには天狗の眼が備わっている。大所高所から戦場のあり様を瞬時に捉えて、自分がどう動けば敵が降参するかを見抜く洞察力が備わっているのだ」

この時の晋作には天狗の眼とか、洞察力とか、何のことか全く分からなかったが、自分が怒られていないことだけは察知して正座して頷きながら神妙に聞いていた。

十日後、お転婆娘のお鈴が少年の出で立ちで天狗寺にやって来た。

晋作はいつものようにこの子を驚かせて泣かそうとしたが、逆にお鈴に驚かされて出鼻をくじかれてしまった。

お鈴は先日脅かして泣かした子の一歳半上の姉で、晋作に敵討ちする為に作戦を立ててやって来ていた。作戦とは、晋作より派手に晋作と全く同じ行動をする。つまり晋作より大きな鬼のお面を付けて晋作より大きな声で脅すことだった。

お鈴は晋作より背が高く、身に着けている着物も女だから赤色が多かったので、大きな天狗が燃えているようだった。晋作は一瞬怯んだがすぐにお鈴の仕業と分かり、お鈴がその場を立ち去るまでお鈴を見つめ続けていた。

そして晋作は、この日を境に天狗遊びをやめた。

天狗面騒動から三カ月後のその年の九月二十七日午前。小忠太と道と晋作の三人は正装して威儀を正し、円政寺に入った。

住職は晋作元服を祝う口上を述べた上で、天狗面の前に三人を案内して言った。

「晋作は今日から一人前の大人として振る舞うように。父上殿は高杉家の家訓を元服の祝いとして伝えられよ」

住職は予め小忠太と打ち合わせしていた通りの台詞を述べて、元服の儀式を終えた。

目出度い節目の日を迎えて気持ちが高揚したのか、晋作は両目を大きく開いてキラキラと輝かせていた。

三人は家に帰ったその足で神棚に柏手を打って元服の儀式が終わったことを報告し、引き続き仏間の仏壇で先祖の霊に合掌した。

そして小忠太は晋作を居間に連れていき語った。

「晋作おめでとう。今日からおまえは一五〇石取り高杉家の後継者だ。わしにもし万が一の事態が起こったら、おまえがわしの跡を継ぐことになる。藩への届け出は五日後だがそれまでわしが高杉家の家訓を講義する。しっかり聞いて受け継いでくれ。講義は裃を脱いでやる。一旦休憩を取って一時間後にここに来なさい」

小忠太はそう言って晋作を解放し、自分も裃を脱いだ。

晋作は隣の部屋で待っている母の前に行って、小忠太が言った台詞を繰り返して報告した。

一時間後の午前十時に父小忠太の前に出た晋作は、顔を赤らめ真剣な表情で講義に臨んだ。

小忠太は結論から語り始めた。

「『負ける戦はするな。負ける喧嘩はするな』『戦とは謀略、つまり騙し合い。だから敵に勝つ為には敵の弱点を読み切り、そこに謀略つまり罠を仕掛けよ』それが毛利元就公の戦い方だった。しかし十四代当主の毛利輝元公は全くこの考えを受け継いでいなかった。むしろ、元就公の考えを受け継いでおられたのは家康公であった。その結果、輝元公は関ヶ原の決戦で惨敗し、滅亡するところを従兄に当たる吉川広家公に救ってもらった。今の岩国吉川藩の祖に当たる人だ」

小忠太の初日の講義はこの話だった。

講義は一日五十分で、この日から続けて五日間に及んだ。

二日目の講義は午前八時から始められ、何故負けてはいけないかについての話だった。

小忠太は関ヶ原惨敗の結果、ここ萩に城が築かれ城下町が開かれた経緯を語った後、高杉家が一五〇石に決まった背景を語った。

惨敗した輝元公は頭を丸めて僧になり家康公からの沙汰を待ったが、家康公がお家取り潰しを一旦は決められた後、広家公が家康公に対して「約束が違う」と言って猛烈に抗議された結果、輝元公は今の長州藩の藩祖に落ち着いた。

実は家康公と広家公との間には関ヶ原決戦開始直前に秘密の約束があった。今では関ヶ原決戦は東軍の徳川家康公対西軍の毛利輝元公の二人の大将の天下分け目の戦いと言われているが、実のところは騙し合いの戦であった。秀吉死後家康公は、長い時間をかけて秀吉子飼いの武将福島正則や加藤清正などを手練手管《てれんてくだ》で味方に引き込み、自らの意に従わない東北の大大名上杉景勝を切り従える為と称して、幼い秀頼を遺したまま福島正則や加藤清正らの総勢数千人の軍を率いて大坂城を出た。

家康公は大坂城を出る時、輝元公に「秀頼公の守りは輝元殿にお願いする」と言って輝元を大坂城に足止めにした。輝元公は豊臣秀吉から可愛がられ、秀吉亡き後の豊臣政権を継承する五大老の第二位になっていたので、家康公の申し出を反対されることなく受け入れられた。

勿論五大老の第一位は徳川家康公で、家康公は秀吉亡き後は秀頼守護を名目に、自分の勢力拡大の方策を遠慮することなく矢継ぎ早に打ち出されていた。つまり家康公は豊臣政権とは名ばかりで、実は徳川政権の足固めを着々と進めておられた。この流れの中での上杉征伐だった。

小忠太がここまで話した時、晋作が顔を真っ赤にして言った。

「父上、秀頼を守る立場の輝元殿が、秀頼を守る家康公と何故決戦することになるのか、私にはさっぱり分かりません」

小忠太は晋作のこの言葉を受けて「今日はここまでにしよう。晋作の疑問には明日答えてあげよう」と言って二日目の講義を終えた。時間は予定の五十分を超えていた。

三日目の午前八時。小忠太の部屋で講義が始まった。晋作は小忠太に向き合って正座している。

「これから話すことは、わしが推理した関ヶ原決戦の本筋だが」。こう前置きをして、小忠太は話し始めた。

家康は豊臣側で最大の武力を持つ武将を引き連れて大坂城を出発し、東北までの陣中で毎晩のように軍議を開いては結束を図った。東北に行き着くまでの途中には家康の居城である江戸がある。

江戸は勿論今の江戸とは違う。もっと小規模な城下町だった。家康は江戸まで征伐軍が行くことになった場合は、圧倒的な軍事力の大きさと強さを見せつけようと考えていた。江戸は嫡男の秀忠が領主として徳川領を支配していた。

一方情報戦に長けた家康は、自分が大坂城を留守にした後、石田三成ら反家康側の大名が決起する動きをつぶさに把握していた。そしてこの動きは家康の巨大な謀略の壺に嵌《は》まった。

石田三成は、家康を大将として頂く福島正則、加藤清正、黒田長政らの大名の留守中を襲って正妻を人質に取るという策に出た。正妻を人質に取れば亭主が反家康側につくと見てのことだったがこれは最悪の愚策だった。

黒田長政の正妻でキリシタンのガラシャは、人質を拒否して城内で自決した。この一報ほど家康に同行する大名達の心を揺さぶったものはなかった。皆石田三成憎しで一致した。家康はこれで秀吉子飼いの武闘派大名の心をしっかりと掴んだ。

こうした石田三成ら反家康勢力が家康対抗軍の大将に担ぎ上げたのが、毛利輝元だった。

「しかし、輝元公には家康公ほどの天下を取るという大目標があった訳ではない。その場しのぎで場当たり的な反応をすることしか能のない人だった。

家康公から『わしが上杉征伐で大坂城を留守にする間は大坂城に残って秀頼を守って

くれ』と頼まれれば『勿論です』と応じ、石田三成から『家康は自分の勢力だけを拡大して豊臣政権を乗っ取ろうとしているから懲らしめてやりましょう。その反家康側の旗頭には毛利輝元殿をおいて他にいません』と煽《あお》られると『そうだよな』と言って唯々諾々と反家康の大将を引き受けてしまう。このことが長州藩全員が苦労させられる根本原因となったのじゃ」

晋作はニコニコして「父上はつまり、私に家康公になれ。元就公になれと仰りたいのですね」と確かめた。小忠太もニコニコして頷いた。三日目の講義は「ここまででお仕舞い」と小忠太が宣言して終わった。

四日目は吉川広家の家康公との密約の話だった。

関ヶ原決戦の流れが見えた時、家康が熱心に吉川広家を口説いた。その内容は、毛利の領国を丸ごと認知するから、関ヶ原決戦の折には吉川軍は動かないと約束してくれというものだった。歴史の流れを冷静に見切っていた広家は、家康側の勝利は揺るがないと見ていたからこの密約の誘いに乗り、輝元には告げることなく家康との約束に合意した。

決戦が始まると西軍最大の兵員数を誇る毛利軍は一歩も動かなかった。しかも途中から毛利側の小早川軍が家康側に寝返り、西軍は撫で切りにされ、関ヶ原決戦は開始六時間で家康側の圧勝で決着した。

こうした経緯を踏まえて、家康は毛利家取り潰しを決め、吉川広家がそれでは話が違いすぎると猛反発した。その結果、現在の長州藩が誕生し輝元は藩祖として生き延びた。

小忠太は吉川広家の利口さと、毛利本家つまり輝元への律儀さを評価するという父の言葉が強く記憶に残っていた。

五日目は元服の日から続いた小忠太の講義のおさらいの日だった。

「負ける戦はするな。戦は謀略だ。つまり謀略で負けない生き方をせよ」

これが高杉家当主の小忠太が後継者となる晋作に贈る餞《はなむけ》の言葉だった。

小忠太は最後にこう付け加えた。

「戦には勝つか負けるかしかない。また戦は自分から好んでするものでもない。だから野心を持たず自己主張せず常に先頭を行く者に付いて行くことに甘んじることこそ高杉家安泰の秘訣じゃ」

この父の言葉は、短くとも強い光を放つ晋作の生涯を通じて躍動する力の源泉となり心棒になる。

晋作は小柄で色白、呼吸器が弱くて病弱な子だった。九歳の時に天然痘にかかって以来顔面にあばたが残っている。

そのせいか晋作は少年の時分から負けん気だけは人一倍強かった。晋作は幼い時からいつも、どうすれば他者に勝てるかを最優先して考えていた。

勝ち負けに強く拘る晋作は、大した実力もないのに上から目線で威張り散らしたり、自分だけが得しようとしたりする人間が本能的に嫌いだった。

その一方で晋作は純粋な心を持ち、身分や形式に拘らず赤子や老人などの弱者に寄り添う天性の優しさがあった。

晋作は十八歳で長州藩の幹部養成校である藩校明倫館に入ったが、お行儀のいい模範生ではなかった。というか、晋作は明倫館の教室で異才を放った。

「人生意気に感ず、功名誰かまた論ぜん」という教えは幼い頃から知っていて晋作気に入りの名言であった。父の小忠太が躾として、晋作が三歳になってから漢文の素読と子供用竹刀の素振りを日課として教えてきたからだった。

だからこの名言が明倫館の授業で出てきた時、晋作は自分から手を挙げて「ひとなまいきに感ず、功名誰かまた論ぜん」と大声で音読した。

人生意気に感ずでは当たり前すぎて面白くも何ともないから、わざと読み替えたのだ。

教室内は爆笑した。

相手の意表を突いて機先を制する晋作らしい反応だった。

生真面目な師範は一瞬目をしばたたいたが威厳を保って晋作に言った。

「高杉君その意味を説明しなさい」

晋作は師範を真っすぐに見て堂々と答えた。

「人とは元来生意気なもので、何事にも額面通りに意味を受け取らず、口に出された言葉の真意を探るものだ。功名というものは本当の真意を掴んだ者だけが得られる」

師範も生徒も全員が当意即妙な晋作の説明に感心した。師範は晋作を褒めた上で、正しくは「人生、意気に感ず、功名誰かまた論ぜん」だと読み上げた。

そして「人生は他者の言動に感動し共感した場合には、その言動の本人の主張を尊敬しそれに倣《なら》う。功名心を優先する生き方に比べてなんと素晴らしい生き方があるものだ」と、この名言の意味を解説した。

生徒達はそれに頷きながらも、先程の晋作の名解釈を思い起こして改めて晋作の才能に驚いていた。

晋作は剣道場でも異才を発揮した。

一対一で打ち合うことが狙いの稽古も、晋作は試合本番とみなして相手を打ちのめした。

「かかれ」の声が早いか晋作の打ち込みが早いか。晋作は剣道師範の合図を盗み見ていて、「かかれ」の声よりひと呼吸早く打ち込むのが常だった。これは違反ではないが、かといって決して褒められることではなく、相手は快く思っていなかった。

しかし誰も晋作に文句は言えなかった。

晋作は明倫館の教室や剣道場で常識外の行動をし、異端児として目立っていく。しかし一方で、晋作にはどこか優しさが備わっており、その可愛げが晋作を排除する動きを止めさせていた。

晋作は模範となる教えからはみ出していたが、藩主を危機から救い日本を主導する頭領にすることと、高杉家の家名を高めることを目標に掲げて、両親の教えには無条件で従うことにしていた。

晋作はいつしかこの世を戦場とみなし、こうした大きな目標を実現する為に、「世に生きるとは決戦に完勝すること。人生は完勝しか値打ちはないのだから」と信じ込んだ。そして、相手の急所を押さえた奇襲戦を得意とし、どう戦い方を組み立てても完勝出来ない決戦なら決戦を避けて逃げて、安全な場所でおもしろおかしく遊んで完勝に必要な英気を養うという強烈な処世術を身に付けていった。

好奇心旺盛な若者である晋作は、暇つぶし先を求めて萩城の城下町をぶらぶらと歩き回っては噂を耳に入れ、興味を惹き付けられたものを根掘り葉堀り聞き歩いていた。

その中でひときわ晋作の好奇心を掻き立てた話があった。長州藩の直臣藩士で山鹿流師範の家柄を継いだ吉田松蔭という晋作より九歳年上の若者の噂だった。

吉田松蔭の実家は杉家で二十六石の直参藩士だが、貧乏だったので幼い頃に吉田家に養子に出された。吉田家は山鹿流兵学を教える家だった。

村田清風が長州藩の基本である藩是や軍事力、財政力の抜本的な革新を実現する時に少年期青年期を迎えた松蔭は、自分の目と足で日本の現場を知ろうと萩を出た。そして異国船が度々来日する現場にぶつかり、黒船を見て衝撃を受けた松陰は、自分の目で海外の実情を確かめたいと思った。

松蔭は密航が国禁であることを知りながら、下田でペリー艦隊の軍艦に乗り込んで米国に行こうとして失敗した。米国側は日米和親条約を結べたことを優先し、鎖国を国是とする幕府の機嫌を損なうことを嫌ったからだった。

スゴスゴと陸地に引き上げてきた松蔭と従者の金子重之輔は、黒船に乗って米国に行こうとした経緯を下田の官憲に告白して幕府の獄に入れられたと言う。そして二人は幕府の江戸の小菅獄から唐丸籠《とうまるかご》（罪人籠）で萩に護送され、萩城下にある野山獄《のやまごく》という牢屋に入れられたと噂されていた。

従者の金子は野山獄で死に、松蔭は野山獄から解放された後、椿という萩城東側郊外の地で小さな私塾松下村塾を始めていた。

晋作は明倫館で優等生の評価を得ていたが、枠からはみ出し大罪人となった吉田松陰の魂迸《ほとばし》る生き方に惹かれ、松下村塾に飛び込んだ。

「先生は何故命懸けでペリーの船に乗って米国に行こうとされたのですか」

松蔭が答える。

「日本で一番世の中の動きを知っていると言われている佐久間象山《しょうざん》先生を江戸でお訪

ねした時に清国の魏源《ぎげん》が書かれた海国図志という本を見せられた。海国図志は阿片取締りの任を解かれて左遷させられた林即除《りんそくじょ》が親しい同志の魏源に作らせた世界地図と帝国主義の動向を整理した優れた書だという。

そしてその折に書いてある清国の悲惨な現状を聞かされた。自分も含めて日本人がお手本としてきた中国が、欧米帝国主義の勝者である英国と戦い惨敗して属国のようにされていることを知らされた」

松蔭に魏源が説く帝国主義の動向について語る象山は、阿片戦争こそ清国が敗惨国に転落した元凶だと繰り返した。

阿片戦争は清国が違法として禁じている阿片を英国商人が南部の広州を中心に大量に持ち込んで法外の高値で売り、清国の銀を英国に持ち出していることが発端だった。

時の清国皇帝道光帝は、阿片流通を徹底的に根絶することを林則徐に命じて欽差《きんさ》大臣として広州に派遣した。林則徐は清国を支配する側の満州民族ではなく、漢民族の極めて優秀な官僚だった。しかし、結局は道光帝最側近の満州人の讒言で左遷され、林則徐が赴任以来進めてきた阿片根絶策は根底から骨抜きにされ、阿片を持ち込む英国商人とその利権を世界最強の武力で保護する英国艦隊との決戦で惨敗した。

清国はその結果、南京条約を締結した英国の要求を無条件で受け入れる羽目になった。

その骨子は、

●英国が戦争の為に要した戦費全額を補償する
●英国商人の阿片を含めた貿易活動を無条件で認める
●香港島を一〇〇年間英国領土として割譲する
●広州以外に上海なども開港してそこでの貿易の自由を保障する

といったものだった。

松蔭は佐久間象山から世界地図を見せられながらこの衝撃の事実を聞かされたと言って、晋作にもその世界地図を見せた。佐久間象山はその上で「自分は海外に行けないから松蔭よ、おまえがわしに代わって欧米に行って自分の目で見てきてくれ」と何度も頼まれたという。

松蔭は続けた。

「しかし私は頭では何かとてつもない重大事だとは分かっても、実感が湧いてこなかった。だから現地に行って自分の目と肌身で感じ取ってくるしかないと思ったのだ」

こうした松蔭の行動に熱いエールを送った老人がいた。晩年の村田清風だ。

清風は五十二歳で藩主となった毛利敬親《たかちか》の信任の下、没落の危機に瀕していた藩を財政、軍事両面から抜本的に近代化する藩政改革の全権を委任された家老で、長州藩を薩摩に匹敵する雄藩に脱皮させた立役者であり、松蔭を積極的に庇護してきた長州の傑物だった。

清風改革は藩民全員の節約から始まり、四白（米塩蠟紙）の殖産興業を盛んにし、関門海峡という日本一の地の利を活かした赤間関《あかまがせき》（下関）腰荷方《こしにかた》（東北の米を預かりそれを担保にして保管料と貸し付けを行う役所）を設け、ここが先々赤間関米相場を生んで藩に莫大な相場利益をもたらした。

この清風が江戸での松蔭の出処進退を激賞して「この松蔭の渡米行動が日本を救う」

と言ったと伝えられている。

日本に歴史の大風が吹いた。

五八年に井伊直弼が大老に就任し、天皇の了解を得ずに開国を断行した。併行して同年に安政の大獄が断行され、松蔭は江戸に呼び戻される。松蔭はこの取り調べの折に老中の暗殺を企てたと告白して死罪になる。

折から二十歳の晋作は、長州藩の留学生として昌平黌で学んでいた。昌平黌とは幕府の学問所で当時日本一の学問が学べる場所として全国から秀才が集まっていた。

松蔭は処刑される日まで晋作に手紙を送り、藩や幕府を超えた日本国という視点で世界を見ることが大事だと説いた。そして、生き続けるより死ぬことに意味があるなら若くても死ねという激しい死生観を晋作に伝えた。

松蔭は赤児のように純粋無垢、一二〇パーセントの馬鹿正直な生き方で、安政の大獄という時代の嵐の犠牲となって二十九歳で刑死したが、その死に方の過激さで晋作や久《く》坂玄瑞《さかげんずい》などの弟子達の魂を揺り動かし弟子達の活躍で生き返ることとなった。

一方、江戸の昌平黌に留学中だった晋作は松蔭が処刑された翌年の一八六〇年一月二十三日に井上お雅を嫁取りした。お雅は防長一の美人と言われ、高杉家と同格の井上家の娘だった。この嫁取りは持病の鬱懐が暴発して晋作が何をしでかすか分からないことを恐れた父小忠太が画策したものだった。

松蔭が江戸で処刑された後、晋作は松下村塾の双璧と言われたもう一人の優れ者久坂玄瑞と共に松下村塾の仲間から頼りにされた。

晋作は相変わらずの異端児だったが、両親が農民出身で十一歳で円政寺の小僧として一年半育った利助——松下村塾では伊藤俊輔と名乗ったのちの伊藤博文を弟のように可愛がった。師を失い解散となった松下村塾は自ずと塾生はバラバラになったが、俊輔は中関で腰荷方の職に従事した後も晋作にピッタリ寄り添い、生涯に亘って敬慕した。

日本史の大転換期が生み出した狂気の嵐と言える師匠を慕う門人達は過激な死に方で彼を亡くし、揮発性の高い若いエネルギーがいつでも発火しかねない危険な状態にあった。どこに向かってエネルギーを爆発させればいいのか、はけ口を探し求めていた。

晋作と久坂玄瑞は、こうした過激分子、いわば松下村塾党派の首謀者に祭り上げられていたのだった。

生真面目一本槍の久坂は萩でその役割を担おうとし、無頼漢の晋作は江戸で首謀者の役割を担おうとした。伊藤俊輔は腰巾着のように晋作にくっついて忠実な従者のように振る舞った。晋作は従者役を求めていなかったが、そうして寄り添ってくる俊輔を邪険に扱うこともしなかった。

過激な政治結社とも言うべき松下村塾一派は、桜田門外の変で水戸藩の浪人達に大老井伊直弼が暗殺され、過激分子の粛清が行われると、それに取って代わるように尊皇攘夷運動の片棒を担ぎ始めた。尊皇攘夷の老舗である水戸藩元藩主の徳川斉昭《なりあき》が謹慎処分を受け、水戸浪人の尊皇攘夷運動が下火になると、長州の松下村塾一派の動きが目立ち始めたのである。

長州藩は朝廷と幕府に倣って尊皇攘夷を藩是に設定し、異国船打ち払い令実行を模索し始めた。晋作はその動きに先鞭を付けようと、仲間を誘って英国領事の暗殺を計画し始めた。

霜が降り始めた一八六一年初冬の京。長州藩邸の奥の院で周布政之介と桂小五郎が二人だけで内密の話をしていた。

松蔭亡き後に久坂玄瑞と並んで塾生から慕われた晋作が英国領事暗殺を企てたことについて周布政之介が桂に知恵を求めたのだった。

そしてこの日の夜。桂は藩邸内で晋作ら松下村塾系の不逞の輩との連絡役を担っている若者を通じて、晋作に今晩大事な話があるから藩邸に来るようにと伝言を依頼した。

晋作より三歳年長の桂小五郎は、晋作の家の近所にある医者の子である。のちに桂家に養子に行ったが、幼少の頃は生家で育てられたから晋作とは顔見知りの仲であり、晋作の憧れでもあった。

桂は晋作を藩邸の玄関で出迎え、自分から軽く会釈した後に「晋作さん」と親しみを込めて呼び掛けた。晋作は桂と面を突き合わせて話すのは初めてのことで、桂の応接ぶりに驚きながらも悪い気はしなかった。

桂は玄関で草履を履き、晋作の手を取るようにして京の町に出た。

「今日は私が晋作さんを料亭にご案内します。私がよく他藩の要人と会っている料亭です」

晋作は桂が料亭で相当な接待費を使っていることは聞いていたが、京の高級料亭がどんなものか知らなかった。未だに田舎武士丸出しの晋作にとって、桂が料亭の売れっ子の芸伎と浮名を流している噂をも知っていたが、それがどういうものか想像も出来なかった。

三十分も歩いて提灯の明かりが灯り始めた頃、桂はある家の前で立ち止まり来意を伝えた。

「おいでやす。お待ち申しておりました」門番の女が甘い言葉で迎える。

桂は玄関の暖簾を上げてすぐには入らずにいっとき待ち、玄関先に誰かが出てきた気配を確かめてから中に入っていった。

玄関先にはキッチリ着込んだ芸伎が一人いて、三つ指ついて頭を下げ桂と晋作を迎えた。

桂は鷹揚に動作で返して草履を脱ぎ、芸伎に案内されるまま付いていった。晋作は桂の真似をして付いていった。

部屋に入ると桂は床の間を背にする上座に晋作を座らせ、自分は下座に座った。芸伎が晋作に再び三つ指で丁重にお辞儀し「幾松と申します。どうぞご贔屓に」と改めての挨拶をして、用意してあった酒席の始まりを告げた。

桂が口を開いた。「ここは藩邸内と違って誰にも話を聞かれる恐れがありません。ゆっくりと幾松さんの酌を受けながら、天下の大事についてご報告させていただきたいと思います」

桂は幼なじみの晋作に最大限の敬意を払いながら、ゆるゆると欧米列強と清国の戦争の話を語って聞かせた。

清国皇帝は阿片が清国南部の広東省沿岸地方を中心に急速に広まっているとの現地報

告を受けて、阿片禁止大臣を新設して林則徐を任命し現地に派遣した。林則徐は熱血漢で、現地で阿片を見付けると片っ端から没収して焼却処分し患者は治療施設に収容した。

しかしこうした急激な取り締まりは阿片患者やその周囲の清国人並びに英国阿片商人の根強い反感を引き起こし、やがて英国政府が英国商人保護の名目で介入する切っ掛けにされた。これに端を発して英国政府は世界一の海軍を派遣して清国に宣戦布告する。一八四〇年から一八四二年にかけて行われた第一次阿片戦争である。

桂も晋作も生まれて間もない、今から二十一年前のことだ。

英国は帝都北京の港と言われる天津湾の英国軍艦から、当時世界最大で最強と呼ばれたアームストロング大砲で皇帝の住む紫禁城《しきんじょう》を砲撃した。英国海軍は艦載している最新式大砲一発で赤子の手を捻《ひね》るように清国に完勝した。

清国皇帝は生まれた時から紫禁城の世界しか知らない。皇帝の命令が国民に与える影響について全く不感症で、側近は全員自分の損得だけしか考えていなかった。これもまた清国に最悪の結果をもたらした、と桂は言う。

完敗した清国は巨額賠償金と阿片商人を含む英国人の治外法権、香港島の割譲を認めさせられた。つまり阿片商人を含めて英国人には英国の思い通りに清国の国内で振る舞えるように認め、その拠点として香港島を一〇〇年間取り上げられた。

その後五六年から六〇年の第二次阿片戦争（アロー号事件）も英国に仕組まれ、フランスが相乗りした。若い皇帝は紫禁城からは見えない天津の軍艦から打ち込まれた大砲と聞き、一瞬にして戦意を喪失した。清国はここでも惨敗し、英国が清国人を海外に売る権利苦力《クーリー》貿易を公認させられ天津や寧波《ニンポー》などの港を開港させられた。また香港に隣接する九龍《クーロン》半島についても香港返還時点までの一〇〇年間の割譲を認めさせられた。

英国は自国だけが欧米諸国から妬まれることを警戒して、日本に来ているフランス、オランダ、ロシア、米国などに英国式支配要領を推薦し、清国内の開港地内に租界地を共同で作り欧米の国内のように美しく立派な都市を建設した。

上海の租界地はその中で最大規模で最も美しいと言われているそうだ。

「以上は出島に来ているオランダ人が幕府に提出したオランダ風説書という海外事情に

基づく話だ。自分で直接上海に行き確かめたいと強く思ってきたが行けそうにない。

晋作さん。私は晋作さんに行って欲しい。あなたの目と耳で現地が置かれている真相を確かめてきて欲しい。

狙いは、長州を、それ以上に日本を第二の清国にしない策を見付けることだ。英国の植民地にされることを避け、日本国内で英国の好き勝手な振る舞いをさせない為に長州はどうすればいいのか、その策を見付けてきて欲しいのです」

更に桂は熱っぽく語り続ける。

「その現実を晋作さんが確かめることは、長州藩にとってまた日本国にとってかけがえのない情報になり、今後の長州と日本の進路について正しい方向性を示してくれる筈です」

桂はそう言い切った。慎重居士《しんちょうこじ》の桂にしては珍しい断言ぶりだった。

桂は晋作が早くから欧米視察を切望していることに着目し、折から幕府が有力藩の若者を上海に連れていく募集をしていることを利用して晋作を上海に誘うことを提案した。

そこまで言われて晋作の好奇心と自負心の炎は煌々と燃え上がった。

吉田松陰から聞いた阿片戦争の話を思い出していた晋作は、松蔭の志とその無念さを胸に大きく息を吸い込んで大声で叫んだ。

「私を上海に行かせてください」

桂は晋作に幕府主催の上海視察に行くことを勧めて、晋作を長州無頼派からまずは引き離すことに成功する。

晋作は長崎から幕府の帆船千歳丸《せんざいまる》に乗って上海に行くことになった。晋作にとって長崎は初めての土地である。晋作は乗船を待つ間に長崎の全てを見聞し尽くそうとあちこち歩き回った。

そして長崎の色町で十六歳の小柄な若い芸伎小雪に出会った。小雪は目が青みがかった色白でぽっちゃりした小柄な娘で、牛や豚の塩漬けや干し肉を鍋料理にしたり、牛や豚の肉片を入れて胡椒をきかせて味付けしたスープを作った。また菜種油を上手に使いこなして豆腐や野菜炒めを手作りする特技も持っていた。

小雪は、自分はオランダ人の父と日本人の母の混血だと言う。

晋作は幾松の純日本流とは違う、この若芸伎の風情《ふぜい》が如何にも国際都市長崎らしく思え心惹かれた。

晋作は到着前から異国上海への強い渇きを覚え、小雪にのめり込んでその乾きを癒やそうとした。藩から貰った相当な額の渡航費で懐が暖かかったこともあろうが、気が大きくなった晋作は小雪を身請けした。

小雪は気が強く、弾けるような肉体と達者な三味線が魅力だった。

芸伎には珍しくハキハキものを言ってキビキビ動き、加えて、上海租界地事情やオランダ事情も詳しかった。

自分の知識は二つ下の弟の利助が出島に勤めていた頃に弟から聞いた話だと言う。

小雪の馴染み客の一人に出島関連の道楽息子がいた。佐渡島の干し海鼠を上海に輸出して財を成した越前屋の若旦那だった。

越前屋は、名前の通り越前佐渡島の商人で今も島に本店があり、出島のある長崎には上海との取引の関係上若旦那の祖父の時代に進出してきていた。

若旦那は三味線も達者で晋作とウマの合う三十絡みの遊び人でもあった。

若旦那は小雪の腹違いの兄だという噂もあり、小雪が幼い頃から小雪を知っていた。

肉料理が好きな若旦那は清国から船が来たといっては胡椒や塩で漬けた肉を土産に持ってきて宴会を開いた。小雪がこしらえる豚肉や牛肉の煮込み、チャーハンなどを気に入っていて、晋作が小雪を身請けした後も小雪に調理をねだった。

建前上は幕府直轄地の長崎港は肉食禁止だが、出島ではオランダ人がパンと肉を主食にしていることから、裕福な商人の間では公然の秘密として豚肉や牛肉が食べられていた。

晋作は小雪の世話で港が見える丘に小さな一軒屋を借りて住んでいた。越前屋の若旦那がやってくると、いつもこの家で肉料理の宴会が開かれ、晋作が三味線を弾き歌いながら賑やかな談笑が繰り広げられた。

小雪は大酒飲みで金使いも荒かったが、煮炊きもテキパキやり、何よりも晋作が宿に招いた出島関係者との接待を楽しみながら三味線を鮮やかに弾きこなす器用な点が気に入っていた。

長崎滞在は晋作の思い込みに反して大幅に延び、一カ月半になった。藩から支給された所持金は三分の一に激減した。晋作は初めての土地なので金を借りる当てもなく困り果て、小雪の前で思わず弱気を吐いた。

「俺は駄目な奴だ。愚か者で、金がなくては上海に行けないことが分かっていない。長崎に来て以来、今日の日まで上海見聞の事前学習の情報収集の為と言って、ひたすら遊び呆けていた。今に至るまで一カ月半、こんな氷が割れるような危険に気が付きもしない。人として愚かで怠惰で鈍感で、最低に屑な奴だ。上海行きが出来なくて当然な奴なんだ」

晋作は体面を気にすることなく、顔を涙でぐしゃぐしゃにしながら本心を吐露した。

これまでそんな晋作を見たことがなかった小雪は、晋作に向かって背筋を伸ばして意を決すと宣言した。

「旦那さん。うちを売りさん」

同棲して晋作の全てを感じ取る中で、晋作が普通の武士ではない、大きく高い志を持つ熱血漢だと見抜いた小雪は晋作に二度言った。

「うちを売りさん」

晋作が「誰が買ってくれるのか」と聞いたら、小雪は「うちが元の色に話を付ける。もし駄目なら越前屋の若旦那に相談する」と言う。

晋作は別の手も思い付かないことから「それが出来るならお願いしたい」と生まれて初めての土下座をした。

小雪はその日のうちに、晋作が小雪を引き落とした同額で話を付けたと言って、そっくり全額を持って帰ってきた。

「すまん。世話になった」。晋作はそう言って改めて小雪に深々と頭を下げた。

小雪は、その見返りという意味かは分からなかったが、晋作に上海のオランダ商会にいる利助という弟に会って長崎土産を届けて欲しいと言った。晋作は二つ返事で引き受けたが、その土産とは長崎在住の職人が手作りした精巧なカラクリのおもちゃとラッキョウだった。カラクリのおもちゃは長崎で今流行っている人形もので、ラッキョウは利助が小さいときからの好物で、三年前に亡くなった二人の母親の味を小雪が受け継いで作ったのだという。

こうして、晋作は藩から支給された渡航費用を使い果たして、上海渡航に参加出来ない危機を小雪の気っ風で救ってもらった。

上海英国租界見聞

一八六二年、六月の梅雨時に晋作らが乗り込んだ帆船千歳丸は長崎港を出帆した。長崎から東シナ海を経て太平洋にこぎ出した千歳丸は上海到着まで一カ月かかった。風待ちの日が多く、東南アジア特有のモンスーン気候のせいで雨ばかりで船中は蒸し暑かった。晋作は甲板に出て涼んだり同僚と二人で船室で素っ裸に近い格好で汗ばんだ体に風を当てて過ごした。晋作は軽い船酔い程度の気持ち悪さで済んだが、薩摩藩の五代友厚《ともあつ》を含む二十名余りの幕府派遣員は酷い船酔いを乗り越えて全員なんとか上海に辿り着いた。

　上海港の岸壁から陸地に上がった時は安心感で感動し、晋作は同行の若者らと皆で大きく雄叫びを上げた。

　揚子江は対岸が見えないほど遠くにあって、これが本当に川なのかと晋作は不思議に思った。その後晋作達は英国の上海租界地と揚子江を隔てて北側にあるオランダ商会の近くにある、幕府が予約している宿舎に入った。

　上海の地も海上同様に梅雨どきで小雨が降る日が多かった。晋作は上海の梅雨も日本の梅雨と変わらないと思った。

　英国租界地の道は広く整然と整備され、真っすぐに延びていた。しかもどの道にも日本にはないマロニエという上品で立派な木がゆったりした間隔で植えてあり、租界地全体が緑の中にある風情だった。

　規格通りに切り取られた灰色や白の石造りの建物には大理石が多く使われていて、三階建てが多く、列強毎の境界にある建物には四階建てが多かった。

街を歩く欧米人は白人が殆どで、背が高く着ている物も立派で姿勢がよく目立っていたが、この国の住人である筈の清国人は殆ど見かけなかった。見ることがあっても皆背を丸め下を向いておどおどしながら通り過ぎていた。

租界地域で最も風格があるのは英国租界で、日本人に馴染みのオランダ商会やフランス租界は英国租界地と揚子江を隔てた北側の対岸にあって、規模は小さく英国より劣って見えた。

上海に到着した翌日に晋作はオランダ商会にいるという小雪の弟利助に小雪からの土産のカラクリ人形のおもちゃとラッキョウを届けに行った。

十三歳の利助は「長崎で生まれ育ったから日本語は日本人と同じに喋り、英語とオランダ語もオランダ商会に勤めているオランダ人から教えてもらって、今では会話も読み書きも達者になったと言われます」と自己紹介した。

利助は英語で書かれたオランダ風説書を教材として英語を学んだと教えてくれた。

晋作は本音をぶつけた。

「俺は日本人が尊敬してお手本としてきた中国が何故西の戎《えびす》として馬鹿にして見下してきた英国に惨敗したのか。その根本の真実を知りたい。それを知りたくて上海まで来た」

利助が答える。

「私が調べてお話しします。今日から三日を置いた後いつでも訪ねてきてください。但し一つだけ条件があります。ここオランダ商会内でも密告に注意しないと命を落とします。だから、漢字を使わずにひらがなで筆談します。そしてその紙はその場で焼きます。勿論、私がその場所を用意します。例えば焼き肉で日本人を歓迎する食事会の準備時間というわずかな時間でそれをやり、焼き肉の火の中で紙を焼く……それでいいですか？」

晋作がニッコリ笑って答える。

「勿論！」

晋作達はオランダ商会近くの宿舎を拠点に二カ月半過ごしたが、晋作は上海到着後の三日間はぶらぶら歩きながら物見遊山した。その後は毎日のように清国人の通訳を交えた三人とか四人連れで租界のあちこちを見聞して歩いた。

晋作は租界地のどこでもオランダ語ではなく英語が使われていることに驚いた。英語が欧米人の間では共通の国際語になっていることを見せつけられ、日本で思い込んでいたオランダ語が万国共通の言葉であるという誤りに直面して驚天動地の思いがした。晋作は上海に来るまで欧米の国が言葉も社会の規範や仕組みも全く別々だと思い込んでいた。だから欧米全体に通じる共通語があり、それが英語とは全く想定外だった。

晋作は、上海租界は欧米の縮図で、欧米が世界を植民地にして支配していることは知っていたが、英国一国だけが欧米の中でも抜きん出ていることは知らなかった。英国租界と他の欧米列強や清国を比べてみて、英国が圧倒的に君臨している実態を悟ったのだ。

この瞬間から晋作は「何故自分らはこんな愚に気が付かなかったのか。日本はこんな英国と戦って勝てるのか」に集中して頭を巡らせた。

英国の攻め方に聖域はない。阿片という清国が国法で厳しく禁じてきた麻薬を清国人に極めて高い値で売り付けて暴利を貪り、買い手を阿片患者に仕立ててそこから清国の銀を更にむしり取っていく。

晋作はそんな様子をまざまざと思い浮かべた。

上海に上陸して四日目の昼過ぎに、オランダ商会近くにある個室のある食事場所で晋作と利助は二人だけで会った。

利助は予め紙に惨敗の原因となった内容を書いており、晋作はすぐにその紙を渡された。その紙には「世界一威力のある沢山の艦砲を積んだ英国軍の艦隊から猛烈な艦砲射撃を受け、その後に上陸した陸戦隊によって無力化されていた清国内の清国防衛拠点は、次々と破壊され、英国軍は沿岸に沿って北上した。広州から始まったこの英国軍の進軍は、皇帝の住む首都北京の紫禁城に近い天津まで迫った。この結果、満州族の八代目皇帝である道光帝は無条件降伏を余儀なくされ、英国と南京条約を締結した」と書かれている。

晋作は一瞥してから紙を一旦自分の懐に入れて隠し、店を出る前に焼き肉の火で燃やすことにした。その上で、二人は何事もなかったように肉料理を腹に入れながら話をした。

晋作はさっそく英清戦争について聞いた。

「道光帝は何故無条件降伏した？」

「私の考えですが、道光帝は自国民を阿片の毒から守るという、民衆を統治する皇帝の最大の役割認識が本物ではなかったということだと思います。その根本理由として二つのことが考えられると思っています。一つは『皇帝が民衆を守れなければ民衆から排除追放される』という厳しい役割を担っていることについて、正しい自覚がなかったこと。私は『道光帝はそれを骨の随までは身に付けていなかった』ことに起因すると考えています。

もう一つは漢民族が圧倒的多数である中国を統治する少数民族の満州民族は、中国伝統の科挙の制度に合格した者、その殆どは比率から言っても漢民族の人間ですが、その科挙合格者を登用する時に必ず満州人を皇帝の側用人として登用して政治の内容を監視させる体制が敷かれており、結局は『英国の悪魔性を理解していない満州人による林則徐政治の評価が優位に採用される仕組み』にしていたことです」

「ありがとう」晋作は利助の話に引き込まれていたが、思わず謝意を表した。

続けて晋作が聞く。

「惨敗の結果、何がどうなったのか？」

利助が答える。

「道光帝は南京条約を締結する羽目になりました。揚子江沿いの古都南京まで攻め込まれた時に無条件降伏したから南京で条約に調印したのです」

南京条約の骨子は次の四つだった。

一、英国がこの戦争で使った戦闘費用全額と戦争したお詫びの金額の全額を支払うこと

二、広州以外に新たに寧波や上海などを開港して英国商人に自由な貿易活動を認めるこ

と

三、開港地では治外法権とすること。すなわち、開港地では英国人には清国の法律ではなく阿片売買を黙認した上で英国人の判断で英国の法律が適用されること

四、広東近くにある香港島を一〇〇年間英国に割譲すること

「清国の惨敗の根本原因を一つに絞れば、どれだ？」

「清国皇帝が国民の心の一体化、つまり満州人も漢民族も清国を英国の毒牙から守り抜くという共通の覚悟がなく、ここから内部崩壊が進んでいったことが最大の原因だと思います」

「情けない。なんで林則徐を途中解任したのか。悔やまれてしようがない」

「私も全く同じです」

利助が一呼吸置いて続ける。

「清国という政治体制や制度は一握りの満州人が支配する仕組みですから、もしこの体制そのものに原因があるとすれば清国は滅ぶしかないと思います。人前では決して口に

出来ないですが」

利助はここでひと息つく為に肉を焼き始めた。ジリジリと肉が焼ける音と共に、香ばしい匂いが一面に広がった。晋作は焼けた肉を頬張りながら中国産の世界が評価している名酒でアルコール度の高いマオタイ酒をがぶりと喉に流し込んだ。

一時間ほど休憩した後に利助が晋作に問うた。

「あと少しご報告すべき話が残っているのですが、次の機会にされますか？」

「今すぐやろう」と晋作は即答した。

利助は焼き肉を追加注文しながら、嬉しそうに頷いて再び熱っぽく語り始めた。

「阿片戦争には続編があります。

南京条約締結後に英国以外の仏米蘭露などの欧米列強が、英国が得た特権と同等のものを得ようとする動きを起こし、英国特権のお零れに預かったことが一つです。戦争賠償金と香港割譲こそ求めなかったもののそれ以外の新たな開港地を含めた開港地での治外法権や貿易の自由を欧米列強は強引に要求して清国側に認めさせました。

もう一つは第二次阿片戦争を仕掛けたことです。『アロー号事件』と呼ばれる紛争のことです」

第二次阿片戦争は南京条約が結ばれた十四年後の一八五六年に起こり、六〇年まで続いて天津条約と北京条約で再び清国が無条件降伏して終わった。

事件そのものは、アロー号という商船が清国入港に際して清国人船員が英国国旗に敬意を示さなかったという、それだけで難癖を付け国際紛争に仕立て上げられたものだ。

結局四年かけて紛争は終結したが、清国は天津条約と北京条約を飲まされて中国人を海外に自由に売り払うことを認めさせられた。これは欧米がアフリカの黒人を攫ってきて足に鎖を付けて米国南部の綿花畑に売られたことに次ぐ人身売買である。

「こうして海外に安価で売りさばかれた中国人の中には、親が阿片患者で阿片代金を得る為に売られた若い娘や息子が多くいました。売り先は発展著しい米国の都市部が多く、売られた先では中国人の貧民窟が出来、その後チャイナタウンとして人口を増やしています」

聞いていた晋作はもはや質問や感想を述べることもなく、『こんな国に誰がした』と腹立たしくなっていた。焼き肉を二つ三つ頬張った後、晋作は阿片戦争の事情をもっと詳しく知りたいと利助に聞いた。

利助は私より詳しく正確な話が出来る人がいるが、その人は英国租界にあるグラバー商会に勤めている。日本語は出来ないが、私がその人の中国語を通訳してあなたに伝えてあげるからそうしてはどうか」と勧めてきた。

晋作は「出来るだけ早く」と頼んだ。

一時間ほどそこで過ごして晋作は利助と二人で寄宿舎に帰った。外には上海の夜が迫ってきていた。

道すがら晋作は一人呻いていた。今日聞いた英国の清国支配のやり方は、極悪非道に思えた。

「今日聞いた生々しい国際戦争の非道さにどれほどの日本人が気が付いているのだろうか。長州藩の内部でも何人が気付いているのだろうか？　いないのではないか？　——

今のままの日本では駄目だ」

欧米諸国は鳥肌が立つほど恐ろしい国だ。清国は可哀想だが、日本もいつ清国と同じ酷い目に遭わされるか分からないと今更のように気が付いて晋作はゾッとした。

上海滞在最終日に、晋作は土産の購入を兼ねて英国グラバー商会の手代に会うことにした。

グラバー商会は死の商人と呼ばれる武器取り扱いの代表的な会社で、晋作が日本で完勝する為に必要な世界最新鋭の銃や大砲を売る世界一の商会として長崎にも大きな店を構えていると聞いたからだった。

商談の為に清国人の現地通訳を雇い、日本から同行している通訳も伴って、晋作はグラバー商会に向かった。

巨大な建物の中に一歩足を踏み入れた途端に晋作は身が竦《すく》んだ。日本から同行している通訳の男も何か妖気を感じたのか、帰ろうと晋作に言った。しかし晋作は肚に力を入れて手代の顔だけは見て帰りたいと言い張って動かなかった。

やがて英国人の若い手代が現われた。品のいいオーラを放ちながら白人特有の和やかな表情を浮かべて、晋作の目を不思議そうに覗き込んできた。晋作は絵描きが画題を見つめる目つきで、手代が放つオーラを全て吸い尽くす勢いで握手し、目の底を見透かそうとした。

暫くお互いが相手の目を見据えた後で晋作は言った。

「わしに護身用の最新鋭のピストルを売ってくれ。二挺要る」勿論通訳を介してである。

手代は奥に引き返して二種類の護身用ピストルを入れた盆を抱えて出てきた。晋作にそれを見せながらそれぞれの値段を言って、「自分の好みで選べ」と言う。

晋作はどちらも最新鋭であることを念押しした上で、高値の方を二挺くれと言った。

晋作は手代の言い値で、その場で銀を支払った。

晋作はこのピストルの取り扱い注意書きを二通受け取るとすぐにグラバー商会を後にした。建物から出た途端、全身から汗が噴き出ていることに気が付いた。

結局晋作は阿片戦争勝敗の原因と開戦の切っ掛けについて何も聞き出すことは出来なかった。晋作は帰路、日本語の通訳に聞きたかったことを単純化して伝え、自分の代わりに聞き出してくれるように頼んだ。大金の成果報酬を約束し、着手金として通常通訳に払う日当二日分を渡した。通訳はオランダ商会を訪ねて一緒に聞こうと提案した。晋作は賛成し、通訳に段取りを頼んだ。

三日後に通訳からオランダ商会に行こうと話が来た。晋作は誰を誘うこともせず、通訳に付いて一人でオランダ商会に行った。

オランダ商会が入っている建物は揚子江に面した英国租界の東側の隣接地にあって、周辺には米国、ロシア、英国、フランスを除く列強の商会や関係機関の事務所が雑居している。威厳ある建物のグラバー商会とは比べものにならない風情だった。

晋作が通訳に従って入っていくと、日本語が聞こえた。通訳と挨拶を交わす小柄な若者は、たどたどしい発音だったが確かに日本語を話していた。

この若者は一体何者だ？　晋作は思わず若者の顔を覗き込み、いつもの晋作流で「おんしゃあ日本人か」と畳みかけるように尋ねた。「半分だけ日本人です」と答えた。

「どういう意味じゃ」晋作は問い質した。

若者が答える。

「母が日本人で父は清国人なのです。父が長崎にいた時に生まれた私は、日本語と日本の習慣の中で幼児期を過ごし、五歳の時に父に連れられて上海に来ました。父が出島にいた時と同じオランダ商会に勤めていた関係で、私は十歳の時からここで見習いとして父の仕事を手伝ってきました。

ここにおられる通訳様から、晋作様は長州藩の幹部候補生と紹介されました。そして阿片戦争について本当のことを知りたいとご希望されていると伺い、私でお役に立つならとお引き受けしました。今日は何なりとご質問ください」

若者は清々しい風を身に纏いながら晋作の目を真っすぐに見返して言った。

「申し遅れましたが、私は日本名では和助と名乗っています。勿論清国名もありますが」

若者はこう言って晋作と通訳をオランダ商会内の小さな応接室に案内し席を勧めた。通訳が慣れた素振りで着席すると、晋作もそれを真似て隣に着席した。和助は最後に着席し、晋作が知りたい本題に真っすぐに入った。

「日本がお手本としてきた中国、今は清王朝ですが、この中国が日本に断りもなくどうして西洋の国英国に惨敗したのか、その根本の事情を知りたいというのが、晋作さんが今日来られた真意ですね」

「そうだ」晋作が短く答えた。

和助は頷いて言った。

「では私の見方についてお話しします。これから話す内容は私個人の見方であって、オランダ商会の正式な見解ではありません。上海に住み始めた少年の頃から感じた英国と清国の関係に対する違和感に対する私の答えなのです。

私が今思っている清国の現状は、英国という世界一の工業国がその工業力で開発した最新鋭の軍事力、特に海軍力、具体的には石炭でエンジンを回して自力で航海する鋼鉄製の巨大軍艦とそれに装備されている十数個の巨大なアームストロング大砲。そしてそれらを駆使して一人一人がチームを組んで戦闘集団となり、軍艦から下りて陸戦することにも長けた軍事力を持っていることが、英国が清国を支配出来た最大の切り札だと思います。それに加えて英国商人の阿片との関わり方は、私には人間の所業とはとても思えません。というより、英国人阿片商人は悪魔そのものだったと思っています」

晋作はここで通訳が案内してくれた英国租界地近くの飯屋のかみさんの話を思い出した。

各国の租界で働く清国人相手の安い飯屋には、三十代の太めでお喋り好きなおかみさんがいた。晋作はこのおかみさんに清国人から見た租界事情を教えてもらった。

おかみさんは何事にも米国と英国が最も動きが活発だと話した上で、三日後に揚子江沿岸の岸壁で米国に売られる沢山の少年少女達が船に乗せられると教えてくれた。多分サンフランシスコに連れていかれるのではないかと言う。これまでも沢山の少年少女がそこに売られていったからと。

晋作は是非自分の目で見てみたいと言い、すぐに幾らで案内してもらえるか通訳に聞いた。通訳は、珍しい人がいるもんだと不思議そうな顔をしながら一日の案内費用の三倍の金額を言った。一つは自分の分、一つはおかみさんへのお礼の分、もう一つは船側の少年少女の引率者に渡す分だと言う。晋作はその場で通訳にその金額の銀を渡した。

予想外の現金を手に入れたおかみさんは調子に乗って話を続けた。

「実は私も十二歳の時に売られて米国に行くことになっていたの。しかし幸運にもこの飯屋の主人が米国行きの船の引率者をしていて、私を息子の嫁にと見初めて引き取ってくれたから売られなかったの。いまではその父親も死んでいないけど、その息子、つまり私の今の亭主と私の間には四人の子が出来て幸せに暮らしていて、私は今でもその時の巡り合わせにとても感謝しているわ」と幸せそうな顔で胸を張って話してくれた。

「何故米国に売られることになったのだ」と晋作は聞いた。

おかみさんが当たり前のように答えた。

「父親が酷い阿片患者で阿片を買う金欲しさに私を売ったの。どの少年少女も阿片欲しさで親から売られているのよ」おかみさんはこんな分かりきったことを聞く晋作を小馬鹿にしたような表情で答えた。

こういう中国人の習慣となっている反応は日本人にはないもので最初にこの反応に出くわした日本人は大変戸惑ってしまう。晋作はそれまで同情一途に考えてきた自分の思いがこの小馬鹿にされた反応で一挙に冷めてしまった。中国人はなんと不遜な民族だと腹が立った。

晋作は更に突っ込んだ。

「おかみさんはこの先自分の子を売るか」

「売る訳ないでしょ。可愛い我が子から親として尊敬してもらいたいから、子を手放して奴隷売買と同じ異国に売るなんて断じてしない」おかみさんは即座に怒りだした。

清国では今も阿片を禁止にしたいけど阿片戦争に負けた結果出来なくなって、そのせいでこのような酷い状態が野放しにされていると通訳が付け加えた。

しばし物思いに耽っていた晋作は、我に返ると堰を切ったように和助を問い質した。

一つは清国皇帝は自分が持つ清国統治に関わる絶対権限で何故林則徐を守れなかったのかということ。

二つはそもそもこんな非道な戦争を仕掛けた英国は戦争開始について如何なる大義名分があったのか。清国は英国や仏国に如何なる悪事を働いたというのか。

和助も顔を真っ赤にして泣きそうな声で答えた。

「この世に正義というものがあるとすればこの戦争ほど非道なものはありません」

そして大きな声で続けた。

「私はオランダ国が日本の幕府に提出するオランダ風説書の作成を手伝っている中で、今お話ししている内容を知ることが出来ました。私の血は半分清国人ですが、日本人の血も半分流れています。こんな不正義が、清国や清国を頂点として敬ってきた日本などの友好国に罷《まか》り通っていいのか。悪魔がしでかしたとしか言えないこの阿片戦争が許されている今の清国の現状には涙が止まらないのです」

同席している通訳が「私も同じ思いです」と小さな声で口を挟んだ。

晋作の目からもこらえていた大きな涙が零れ出てきた。

上海租界の根底に流れる敗者の悲哀を垣間見て晋作はゾッとした。長州藩は幕府と協調して藩政を運営する政治から決別して、倒幕を目標とする政治に舵を切る必要があると本能的に思い始めた。

和助は清国が英国に惨敗した第二の理由として、国際競争力という晋作が聞いたことも思ったこともない価値基準を語った。

和助が話し始めたのは、自由貿易がもたらす商品毎の勝敗決定戦の凄まじさについてだった。

「晋作様。ここ上海の活気がどこから来ていると思われますか？」

「阿片からか？」

和助が答える。

「違います。阿片は暗い退廃しかもたらしません。上海に溢れている明るい躍動感は、英国の綿製品を中心とする輸入品が茶を中心とする清国産商品と交換されて、お金が活発に動いていることから来ています。上海で貿易が自由化された結果です。

これをお金の面で捉えると英国の工場で大量生産された綿織物が清国の山地の広い斜面で栽培された大量の茶と、ここ上海で交換されて英国に持ち帰られているのです。銀で売買される貿易がもたらす結果です。

英国では、英国植民地のインドで大量に栽培された綿花が運び込まれて機械化された工場で綿織物として大量生産されています。その結果、手作りの綿製品よりも遥かに安い綿織物が大量に出回ります。この綿工業品の生産能力は英国が世界で最も大きく、清国だけでなくインドや他の国々に売られています。この国際競争力で英国が世界で一番強いからです。ここ上海の活気溢れる動きは英国が上海を拠点に自由貿易の優勝者として利益を独り占めしていることから来ているのです。

オランダやフランスや米国も英国と同じことをして大儲けしようとしていますが、英国にはかないません。商品毎の国際競争力勝負という決戦場では最も安く必要な数即時に大量生産出来る者だけが勝者になれます。そして優勝者だけが商圏を独占出来ます。

国際競争力という新しい決戦場は英国で産業革命が起こって英国の工場で綿製品が大量生産されるようになって一挙に世界に広がっていきました。この点で領土や人口では欧米列強の中で小国に分類される英国ですが、他の欧米諸国もかなわないのです」

清国にはこれが全く理解出来ていなかった。清国には綿製品を含めて何でもある。人口が英国や他国より一桁大きいから、時間さえかければ何でも自国内で生産し調達出来る。だから清国は他国と貿易する必要性は何もない。他国が頭を下げて中国産品を求めてくるなら、必要な品物を茶であれ何であれ恵んでやろうという、伝統的な冊封《さくほう》の仕組みを前提とした貿易しかなかった。

そんな清国にとってみれば、領土として割譲させられた香港と自由貿易港として国際貿易を認めさせられた上海の活況は想定外の出来事で、結果として清国の巨万の富が自由貿易の名の下で短期間に際限なく奪われた。

「この貿易という名の戦闘は国際競争力で優劣が競われ、勝者が一人勝ちし敗者が市場という名の決戦場から駆逐されます。阿片戦争と全く別の貿易という決戦場でも惨敗した清国はこの結果を見て、産業革命が産んだ国際競争力という名の魔物の登場に驚き歯ぎしりしてその威力に苦しんでおります。しかし今となっては全てが後の祭りで、どんな手の施しようもない。これが香港やここ上海の輝きの裏面の真相です」

阿片戦争は入り口であり、それよりももっと危険で国と民族の破滅をもたらしかねない商品毎の国際競争力決戦というものがあるという話に新作は脳天をかち割られた思いがした。

晋作は国際競争力という耳慣れない言葉を「即時動員可能戦力」という晋作流の戦争用語に置き換えて理解した。決戦は初動が全てで特に出会い頭の勝負が全てだとする晋作ならではの捉え方だった。

これまで誰も晋作ほど素直に熱心に耳を傾けて理解しようとしてくれた者はいなかったから、和助の語りは益々熱を帯びていった。

今の幕藩体制下の日本で、清国でのこの真相を知らずに開港し日本の富をアッという間に海外に持ち去られたら、日本は即座に沈没する。それ以上に国や民族という体裁を全て失うことになりかねない。晋作にはその思いが強烈に募っていった。

この話を聞いた晋作は、清国人がよく買っているという綿製品を買いに行った。藩主父子や周布政之介用と自分の家族用だった。店はオランダ租界地の中にあって色々な洋物を売っていた。

晋作の上海滞在はわずか二カ月半だったが、生来天狗の眼を持つこの男が欧米人の目線を体得出来たことは何にもまして大きかった。

晋作は思った。今の幕府では英国からまともに相手にされない。既に世界を制覇してきて、金銀は勿論のこと植民地の人間を奴隷として富をむしり獲ることを続けている欧米列強に対等に接してもらうには、日本全国を統一して強力な中央集権国家に仕立て直すことが最低限必要だ。

ではその為にどうするか。即時倒幕することだ。急いで尊皇の旗印を掲げて天皇を頂点とする強力な中央集権国家に日本全国を再構築しなければならない。つまり『尊皇は正しい。が、攘夷は間違っている』。

欧米列強とは戦わない。特に英国とは戦わないことだ。英国とは最新鋭の武器を買って英国に可愛がってもらうこと。これが日本が出来る賢明な道ではないかと思った。

日本海と違って白波の立たない、巨大な薄茶色のうねりだけの東シナ海上。大風に揺られながらその海上を滑っている千歳丸の船上で晋作は幾度もそう思った。

日本中が束になって英国にかかっても全く勝ち目がない。晋作は改めてそう思い定めた。

千歳丸の船中から茶色い揚子江の海の色が延々と続く帰りの航海で、湿気た海風に当たりながら晋作は頭の中を更に整理していた。

英国に比べて武力で圧倒的に負けている長州や日本を清国のように英国に完敗させせない方法はないのか。

晋作の頭の中で「草莽崛起《そうもうくっき》（在野の志士よ、決意して立ち上がれ）」という松蔭の言葉が蘇ってきた。

この流儀で長州や日本が団結出来れば英国や欧米列強に負けることはない。長州で言えば藩民七十万人と藩外民の同志を加えた一〇〇万人が一心になって列強に立ち向かえば、戦闘で負けることがあっても長州藩として欧米列強に完敗することは避けられる筈だ。

攘夷などとんでもないことだ。日本が攘夷を貫けば、欧米列強がそれを口実として日本全体を租界地として分割統治することなど容易いことだ。

そう気が付いて上海に来る以前の自分の考えの愚かさにゾッとした。

欧米には武力衝突の口実は幾らでも作れるし、武力衝突すれば戦争に強い欧米が勝つのは分かりきっている。しかし欧米同士の競り合いがあるから、自国だけが日本と武力衝突する為の口実を得ようとこちら側の失策を待ち続けている。晋作はこの上海行きを通じて、現下の世界情勢の根本をなしているこの戦略に天狗の眼で気が付いた。

そして、この戦略眼から日本と長州藩を振り返ってゾッとした。今のままでは日本は清国同様に欧米列強に支配されてしまう。日本を今すぐ根本から変革しなければとても危険だと思い始めた。また英国を真似て大規模な産業革命を起こして、英国同様工場で生産される国際競争力ある大量の綿製品で対抗可能な力を付ける必要があるとも気が付いた。

しかし今の日本にまっ先に必要なのは、倒幕して中央集権国家を創ることだ。清国の次に狙われている日本を英国など帝国主義国家の毒牙から守る為に。

だから産業革命をやるとしたら、作る製品は倒幕に必要な最新鋭の武器や軍艦だ。

また長州藩の長井雅楽《うた》が唱え、幕府が推奨して盛んになっている航海遠略策があるが、この政策には国際競争力の視点が考慮されていないから目眩ましの開国論だ。これが国策となれば長州も日本も大変危険な事態に陥り、経済的に大混乱して分裂し欧米列強に付け入る隙を与えることになる。倒幕の勢力を結集することも出来ない。

千歳丸は長崎港に近づいていった。

海の色は日本が近くなるにつれて紺青色になり、そして青色に変わっていった。

日本が近づくにつれ晋作は和食が食べたくなった。欧米人の料理は腹に軽くて健康にいいが中華料理は脂っこくて腹が下ることがよくあった。晋作はパンに付けるバターやジャム、ハムが気に入った。スープも好きで殊にコンソメスープは大好きになった。しかし白米と味噌汁とお新香と焼き魚が無性に食べたくなることが何度もあった。やはり日本人には日本食が一番だと思った。

同時に、自分の立ち位置をどうすればいいのか悩み始めた。

晋作の上海見聞の成果は、武力による倒幕によって英国のような中央集権国家を樹立するという、日本が今為すべきことの核心を掴んだことだった。

晋作は、千歳丸で長崎に帰着してすぐ、利助から託された上海土産を小雪に届けた上で京に行った。その日の夜、長州藩邸で小五郎に英国製の白いメリヤスの肌着を土産として手渡し、上海行きを世話してくれたことに心からのお礼を言い、酒を飲みながらまだ湯気の冷めない上海報告をした。

上海報告は利助や和助との対話を中心に掻い摘まんで話した。

桂は満足げに大きく頷いてこの報告内容を高く評価して、「萩に帰った後は、藩主敬親公と周布政之介殿にキチンと報告して欲しい」と注文を付けた。

晋作は翌日早朝京の長州藩邸を発ち、八月二十日に今回の上海行きの起点となった江戸幕府で帰着報告行事に参加して萩に帰還した。嫡男の東一には子供用の白いメリヤスの肌着を土産として渡した。早速身に着けた東一は暖かいと呟いた。

一八六二年八月二十日、晋作二十三歳。

晋作は藩主敬親公への上申書として、上海見聞で得た結論だけを簡潔に記そうとしたが出来なかった。自分で倒幕を主導出来る自信はなく、上海以前に掲げていた尊皇攘夷の旗印が激しくグラグラして自分の立ち位置が定まらない。倒幕という最終結論に行き着くまでの道筋が堂々巡りするだけだった。

晋作は萩の自宅に帰っても、本心としての尊皇・倒幕・開国は確固たる信念として揺るがないが、日本を出国するまで松下村塾の仲間と煽ってきた攘夷との距離感も掴めないままだった。

英国領事を暗殺しようと主導してきた仲間達に本心を打ち明けて、攘夷はどうしても駄目だと言うのか。攘夷ではなく日本には開国が必要だが、開国して貿易をするには日本商品の国際競争力がないと大混乱を招くだけだ。それをどのように言えば自分の仲間達に分かってもらえるのか。ではどうせよと言いたいのか。晋作は自問自答するがそれが全く見通せなかった。

堂々巡りが続くうちに藩主敬親公と世子《せいし》、周布政之介首座三名への報告が、上海帰国からいつのまにか一カ月空いてしまった。

晋作は纏まらない頭のまま、まずは敬親父子と周布の三名に向かって上海行きの機会を提供してもらった心からのお礼を言った。そこで口にしたのは、

「長崎から上海に行くことになった私は長崎で混血の若い芸伎を身請けし、この芸伎が招く上海事情に詳しい粋な人を通じて上海事情を吸収出来ました。同時に、長崎滞在が私の予想に反して延びた結果、私は上海行き費用を使い果たして途方にくれましたが、この身請けした若い混血の芸伎、小雪という名ですが、この小雪に救ってもらい、そのお陰で無事上海に行けました」というバカ正直な報告だった。

晋作は三人にここからは胸を張って、見聞で自分が探った英清戦争の核心を口頭で簡潔に説明した。

持参した上海土産のメリヤスの白い肌着はただ手渡すだけにした。

「英国が領土も人口も小規模なのに何故世界一の地位に上り詰められたのか。それは産業革命の成果をいち早く取り入れ、綿製品の製造工場を世界に先駆けて国内に建設し、均質で巨大な生産量を実現したからです。英国は、世界一の産業革命実現に成功した結果、産業革命の象徴である綿製品製造工場が生み出す莫大な銀を得る為に、自国の綿製品の売り先を世界中に求めなくてはならなくなりました。産業革命という時代の嵐が生み落とした『資本主義』という近代の寵児と言ってよい社会の仕組みを、英国は世界史に登場させたのです。

その結果、製造工場の持ち主である資本家は生産能力一杯まで綿製品を生産して利益を極大まで求める。だから、綿製品を売り尽くせる市場が必要になった訳です。

綿製品を使いたくなった需要家は、必要なときに必要な数量だけをその時の値段で買う。こういった古き良き時代からの商習慣は全否定され、綿製品工場の持ち主である資本家の貪欲な最大利益追求欲望が世界中に綿製品売り場を求めて支配するようになったのです。これが資本主義という歴史上初めて登場した新基軸のルールです」

「資本主義」だの「産業革命」だのという言葉を敬親公らがどう理解するかもかまわず、晋作は一気に喋り続けた。

「製造機械を持つ資本家の『金儲け第一主義の振る舞いが金持ち』という万能の切り札で罷り通るような社会が英国に登場して、それまでの社会秩序を壊し銭ゲバな社会秩序に置き換えていきました。

この動きは世界最強で最新鋭の軍艦や艦砲といった武器をも、金の力を使って英国最優先で充足させ世界最強の軍国に仕立てたのです。

こうして英国国内だけでは狭すぎて売り捌いても売り先が足りないほどの綿製品が工場から溢れ、その動きを軍艦が守り、政治が支持する社会が登場したのです。

阿片という悪魔を使って手に入れた金で租界地を綺麗に飾って見てくれを美しくする。

汚く儲けて綺麗に使う。これが資本主義の本質であり、それにより世界最新の国に模様替えされた仕組みで出来ているのが今の英国です。

英国は既にインドも含めた世界一の植民地支配をしていますが、地球上で英国の植民地支配から逃れられていた地域が東アジアであり、その中心は清国でした。

英国は巨大な人口を抱える清国に開国を求めて貿易の自由化を強力に迫ったのですが、鎖国を国是としている清国は、この産業革命の寵児である資本主義の要求を拒否しました。

清国は英国に言い放ちました。

『世界一の領土と人口を抱えて、世界中で最も優れた製品を全部自国内で作って豊かに暮らしている清国には、貿易しなくてはならない理由がない。どうしても英国産の綿製品を清国に持ってきたいというなら、まずそれを貢ぎ物として英国から清国に持ってこい。そうすれば世界で最も優れた国である清国は、貢ぎ物のお返しとして清国が作る優れた文明の品物をやろう』

つまり、朝貢貿易という仕組みで英国産品を持参するなら物物交換してもよい。これなら、これまで日本を含めた沢山の野蛮国との間でやってきていることだからと。英国は世界史の最先端の文明の旗手として認めてもらえず、清国からは英国から先に頭を下げて清国に貢ぎ物を差し出せと言い放たれた。

清国は英国が突き付けた自由貿易という世界史上の新機軸を理解して受け入れることはありませんでした。私にはこれが阿片戦争の根本原因だったように思われます」

晋作はここで口ごもった。こう断言していいのか、迷っていたからだった。

周布が晋作土産の白いメリヤスを取り出して手にかざして晋作に問う。

「これが英国の工場で産業革命の機械が作った品物か？」

「その通りです」晋作が答える。

それを聞き敬親も自分が貰った白いメリヤス肌着を取り出して自分の体にあててみて言った。

「これが阿片戦争の根本原因か」

晋作は姿勢を正し二呼吸置いた後、阿片戦争の話を始めた。

「阿片戦争は英国の悪魔性が清国にかぶりついた、極めて悪質な戦争であることはご存じの通りです。

阿片戦争の結果を自由貿易という世界史の新機軸の視点で解説します。

阿片戦争に完全勝利した英国は強引に香港を割譲させて清国の南部にある香港島を自国領土にした上、広州以外に上海も開港させ、そこに租界地を作って自国領に準ずる地域としての治外法権など貿易を活発に展開させる仕組みを創りました。

勿論、上海が活気に満ちているのは英国商人が清国の利益を一方的に奪って栄えているからです。この陰には清国の富が奪われたことによる国内全土で発生している悲惨な貧困の事実が隠されています。こうした清国の困窮と英国の栄華は悪魔の阿片戦争が契機になってもたらされたものだったのです」

晋作はまた話を中断した。その上で話を清国の惨敗理由に転じた。

「清国が自国領土内を戦場とした英国からの毒ある戦争に惨敗した原因は、英国の持つ世界一の軍艦と、軍艦に搭載された世界一の破壊力の艦砲、そして戦艦に乗っている世界一優れた陸戦隊の集団戦闘力に対抗出来る戦闘力を持っていなかったからです。

加えて清国は一握りの満州族が巨大な漢民族を支配する帝国で、戦争現場でも支配者の満州族が漢民族を守る気概に欠け、戦闘現場にされた地域に住む住民が、自分達の土地を自分達が血を流しても守るという気概を失っていたからです。

インドまでをも植民地にして世界を制覇した自信に溢れる英国にとって、清国のこんな状況は支配をより容易くしました」

晋作はここまで話をして自分の頭が整理出来なくなり、話を中断した。

ここまでの話で、英国に負けないようにするには長州が、日本が英国に対抗出来る最新鋭の武器を持ち、英国式の軍隊の行動を習得することが最低限必要なこと。そして百万一心で藩民に一体感を持たせて、自分の土地は自分達で守り抜くという気概を涵養《かんよう》することが必要だと説いた。

そして晋作はここから飛躍して、長州藩だけで日本から独立し、英国のように産業革命を起こして綿製品や最新式武器を自前で作ることを大目標とする大割拠論を主張し始めた。

晋作の考えは、長州藩が幕府の統制下を脱して西欧の一国のように、幕府や幕府の統率に服する日本の他藩連合と対等の立場に立ち、欧米に匹敵する工業を興して対等な貿易を始め、更には関門海峡を通過する日本一の海運の富を長州藩に取り込むようにして欧米と対抗出来る武力を自前で持って独立すべきという、当時の日本では革命的な発想だった。

この発想は西欧のオランダや英国を考えてみると自然に出てくるものだが、晋作以前できちんと声を上げて主張した者は吉田松陰くらいで他にはいない。松蔭は当時から工業化の発想を持っていた。この工業立国の考えは大規模生産を可能とした機械工業の登場で実現するもので、明治になって日本が国を挙げて工業化した内容を長州藩で全て実現してオランダや英国のようになろうという考えと思えばいい。

この大割拠論は関門海峡という当時日本一の地の利を活かした立国論で長州藩を英国

にするという気概を持って、英国を真似て工業化すれば方法論として間違いはないという発想だった。

しかし誰もその富士山のように聳え立つこの秀逸な着眼点を色眼鏡なしで受け止める者はいなかった。

執政首座の周布政之介も藩主敬親も、素直にその素晴らしさを理解出来ても陣頭指揮の為の行動をしたことがなく、従って何も言わず何も動かず。同席している俊輔にも、日本の現状や長州藩の現状からあまりに飛躍しすぎていて理解不可能だった。

全員が沈黙する時間が流れた。

周布が口を開いて助け船を出した。

「晋作、よくぞ清国惨敗の根源を探ってくれた。ここまでの話で十分に清国の窮状と英国の毒牙の根本が分かったぞ。さすがじゃ」

晋作の上海報告は敬親父子と周布政之介に歴史の中の日本の立ち位置について明白に目を開かせるものだった。周布のこの助け船に敬親が乗った。

「晋作らしい報告じゃ。書き物は要らんぞ。今しっかりと聞かせて貰ったからそれで十分じゃ」

晋作はほっとした。

晋作が退席した後、周布が藩主父子に提案した。

「今日の晋作の報告は、これまでの藩政の根本方針を真底から覆す重要な変更。且つそれに対する過剰な反発も必定だから、これを長州藩の不抜の藩主方針として上層部にキチンと伝えて周知徹底しなければなりません」

「そうせい」と、〈そうせい公〉とも呼ばれる敬親が答える。

この頃敬親は定広と一体で人に接見することが常になっていた。これは敬親流の後継者世子育成法で、一緒に見聞きして先に定広の意見を聞き、その上で訂正もしくは補完する必要のある箇所は接見後に世子と二人になったところで指摘し改めさせるというやり方だ。そして問題ない場合はその場で定広の意見に同意する「そうせい」という一言を発する。

周布が続ける。

「藩主の基本方針は、欧米の中核は軍事力でも富でも英国であり、圧倒的な世界一である。長州藩、そして日本はこの英国と戦うことはしない。藩政執事全員に藩主命令としてこのことを明確に伝える。また攘夷についてはこれまで明確には否定してこなかったが、晋作の今回の命懸けの上海体験を伝え、根本から変更する。晋作が上海に行く前に属していた若い攘夷運動家の、晋作変節は許せないという感情的な反発が必ず出てくるが、これについては晋作が煽ったところも大きいので、晋作自身の手で解決していくしかないと考えます」

「それがいいと思われます」世子が敬親の顔色をうかがいながら言う。

「そうせい」敬親がその跡継ぎの言葉を承認するように言う。

こうして晋作の上海報告が終わった。

晋作は救われた思いで家路に就いた。馬上で時間が過ぎるにつれて顔が緩んでいった。

城から実家までのわずかな時間だが、この時の晋作は上海報告からスッカリ離れて、いつもの遊び人に戻っていた。

実家にはその夜一泊しただけで翌早朝には馬に乗って大寧寺《たいねいじ》長門湯本温泉経由で赤間関街道を下関に向かった。晋作は上海行きで支給された藩からの残金全てを懐にして、下関に行くとだけ両親とお雅に言い残して家を出た。上海行きの打ち上げの昼飯を下関一の芸者と一緒に食い、夜は他にもかき集めて賑やかに芸者遊びをやろうという魂胆だった。

下関の花街は広大な関門海峡に面した一角にある新地にあった。上海での癖が付いたのか晋作好みの置屋を探して馬を引きながら歩いた。上海は白人もいれば黒人もいて国際色豊かだったが、ここ下関は黄色い肌の日本人ばかりだった。

一軒の小綺麗な置屋が晋作の目に留まった。梅やと書いてある小ぶりな看板が掛けてある。晋作は馬寄せに馬を繋いで一人暖簾を潜った。まだ昼時には早い時間である。

玄関先で「ごめん」と大声を出した。

暫くすると奥から芸伎見習いのような出で立ちをした薄化粧の若い女が出てきた。「いらっしゃいませ」と愛想はいい。女は卵型の顔立ちで唇が分厚く、とても色白だった。

晋作は昼飯を食いたいと申し出た。女は一瞬困った顔をしたが、すぐに「畏まりました」と答えて奥に引っ込んでいった。

晋作は上がりかまちに腰を下ろして俯き、目を閉じて馬を急がせた疲れをとった。「どうぞお上がりくださいませ」と先程の女が三つ指をついて迎え、晋作を部屋に案内した。

そこは新増築したばかりの畳の匂いがする広い部屋だった。

「料理は何になさいますか？　お刺身がお勧めですが。季節の物としてイサキや海峡蛸やサザエや鮑がございます」

「皆出せ。二人前を。おまえと一緒に食いたいから」

「まあ」女が驚きの表情を浮かべる。

晋作は繰り返し指示した。

「わしの上海行きの打ち上げなんじゃ。一人じゃ味気ないからおまえ相伴《しょうばん》せい」

晋作の表情を見守っていた女は素直に頷いて「畏まりました」と答えて奥に戻っていった。

晋作は部屋にごろりと横になって刀を枕に眠った。

どれほど眠ったかは分からないが女に起こされた。

「お武家様。ご準備が出来ましたので起きてくださいまし」

晋作の背中越しに腰を下ろして覆い被さるように身をかがめ、晋作の耳に口を近づけて優しい声で語りかけていた。

刀を持ち直して起き上がった晋作は、向かい合わせに並べて用意されている食事膳の前に座った。女は晋作の着座を待って向かいに座り、昼餉が始まった。

女が口を開いた。

「この度は大変な異国行きでご苦労さまでございました」

晋作が答える。

「国を出て初めて見ること知ることばかりで驚きの連続だった。わしはもう一つの命を授かったようだ。上海前のわしの人生と上海後のわしの人生は全く別物になったと直感する。

今日はその祝いの宴じゃ。その席で縁あっておまえと一緒に出来た。今日一日は二人して大いに弾けたい。夜は夜で芸伎衆を増やして騒ぎたい」

晋作はそう宣言して酒に口を付け、女の杯と合わせて乾杯した。

「ところでおまえ名は何という？　わしは長州藩士高杉晋作じゃが」

女が答える。

「おうのと申します。下関で生まれ育った十六歳でございます。ご贔屓に」と挨拶した。

晋作は昨日、藩主父子と周布首座への報告が褒められたことの安堵と、今日の馬での長旅で腹が減っていたのか、刺身やお造りをパクパクと美味そうに口にした。おうのも晋作に負けじと膳に食い付いていた。時々酒を口に含みながら二人は獲物にかぶりつく獣のように料理を平らげていった。

晋作は食い終わるとごろりとまた横になって寝た。おうのはそれを見届けると膳を片付け始めた。

夜の帳が下りて宴会の部が始まった。三味線上手のおうのの他にもう一人踊り上手な芸伎が加わり、三人で賑やかに芸伎遊びに興じた。

晋作は自分用の三味線を持ってくるようにおうのに命じ、遊びは夜を徹して繰り広げられた。晋作とおうのは三味線での音合わせが不思議とよく合って、晋作とおうのの二つの三味線で曲を奏で合った。

一方、周布は晋作の上海報告翌日に重役会を招集して、晋作から聞いたありのままを全員が理解出来るように語った。

しかし、周布報告を聞いた重役達は晋作の言った「英清戦争の本質は資本主義にある」とか「英国が圧倒的な世界一の帝国で欧米列強を従えて君臨しており、清国はその毒牙にかかって食い散らされている」とか「清国の次に狙われているのは日本だ」という話には真剣な反応はせず、「晋作が長崎で持ち金を使い果たし、身請けした若い混血娘の芸伎から救ってもらって上海に行けた」という話だけに強く反応した。

晋作の上海報告は長崎での芸伎の身請け話の途端、聞いた者誰にとっても内容の面白おかしさの点からも強烈なものだった。だから「晋作に銭は持たすな。女子と酒に皆使うてしまうから」という風評がこの時から立つようになった。

奇兵隊創設

晋作が城で報告を終えた翌朝。敬親父子は下関付近の戦力強化が必要だと思い始めていた。

明倫館を卒業して藩庁への出仕を始めた晋作が天狗の眼を持つことをいち早く見抜いた執政首座の周布政之介と敬親父子は、晋作の上海報告で「欧米、特に英国の凶暴で強力な武力に即時に対抗出来る武力を持たない限り長州藩は滅ぶ」とまで主張した晋作が群れを作らない一匹狼であることを再確認して、直々に下関付近の戦力強化という緊急の命令を出そうとした。

しかし萩の自宅には晋作は不在だった。晋作の父・小忠太は藩主父子に晋作不在の非礼について詫びを届け出た上で俊輔を通じて晋作探しをしたが、晋作の居場所は分からなかった。

翌日昼過ぎに下関から単騎帰ってきた晋作は、父と俊輔からすぐお城の藩侯の前に行けと言われ、事情が分からないまま俊輔を伴って登城した。

登城するや晋作は、

「欧米列強からの脅威の嵐が吹き始めたこのご時世に対応して欧米列強軍に対抗出来る第二の長州軍を提案せよ。期限は設けない。中身のある提案をせよ」と命じられた。

そして晋作は敬親父子直々のこの指示に感動しつつも「お任せいただけますか」と問うた上で「畏まりました」と即答した。

晋作は俊輔相手に自分の考えを深めつつ、一カ月後には考えを整理して敬親父子に上海仕込みの新機軸の一つである市民軍の要旨を伝えた。

新基軸の骨子は、産業革命という世界史の新しい風に逆らわずに乗り、戦闘に際しては開戦も終戦も敵に機先を制することを前提として世界一の軍事大国である英国に対抗出来る軍隊を作ること。その為に、

一、世界最強の銃や大砲やその一つ一つに最適な玉や火薬などを必要なだけ大量に軍隊に持たせる

二、隊員は高い国防意識と団結力を持つよう常に訓練を続けることに努める

晋作の提案はこれらを叶える第二の正式な軍隊を作ることだった。つまり長州藩内に住む土着の民兵を募り、欧米最先端の銃で全員が武装して欧米流の集団戦を展開させるのだ。

晋作はこの軍隊を『奇兵隊』と名付けた。奇兵隊の奇は正規軍に対応する狙いで晋作自らが名付けたもので、ゲリラ隊の意である。この市民軍の考えは村田清風や月照《げっしょう》達が早くから主張していた国民皆兵論と軌を一にする主張だが、晋作は奇兵隊で実現した。

晋作は俊輔を伴って藩主父子の前に出てこんな内容の回答結果を報告した。

藩主親子は満足したが、実際に日本にこんな兵は存在していないので、果たして晋作の言う軍が出来たとしても英国軍に十分対抗出来るのか不安だった。

現実を見据えて動く晋作は、奇兵隊が欧米に負けない軍隊となるには揺るぎない藩の看板としての藩の評価と惜しみない必要資金援助が続けられるかが鍵だと見た。そして欧米市民軍に負けない軍にするには最新鋭の武器を必要なだけ揃えることだと考えた。

そこで晋作は白石正一郎に着目して、この男を奇兵隊に引き入れて奇兵隊の金蔓にしようと考えた。

白井正一郎は下関の新興商人で、下関の竹崎に拠点を構えて回船業を営む小倉屋の八代目当主である。浜辺の船着き場から直接邸内に出入り出来る門があり、歴史の嵐が吹き始めたこの時期はそこから船に乗ってあちこちから志士と呼ばれる人が出入りし、匿ってもらったり路銀を貰って活動を続けたりしていた。

北前船の幹線となっている赤間関で荷を受け取って、それを全国各地に配送したり、逆に全国各地から集まる荷を北前船に載せて遠く大坂や京、九州や江戸に届ける物流業で大いに繁盛していた。

白石正一郎自身は神道信者で平田篤胤《あつたね》の神道を深く敬っていた。それゆえ徳川幕府が定めた社会規範をそのまま受け入れることが出来ず日本人は日本の神の元で皆平等である筈だという信念の持ち主だった。

そこまで調べた晋作は白石正一郎取り込みの作戦を考えた。

藩主父子から直々に命を受けた日の六月六日、十六夜の日の深夜にその足で単騎下関の白石正一郎邸の門を叩いた。

欧米の市民革命に倣うと熱心に白石正一郎に宣言して正一郎の魂を揺さ振った。二人は初対面で相通じるものがあったのか意気投合し、正一郎は自宅を奇兵隊の在所として提供し正一郎と弟の廉作が入隊した。

この日以来、晋作と正一郎の付き合いは途切れることもブレることもなく続いていく。

正一郎は西郷とも縁があった。

下関の地の利を活かそうと考えた薩摩藩主・島津斉彬《なりあきら》の密命を受けた西郷が鹿児島と京との中継地として交流拠点を探そうと五八年に白石邸の浜門から入ってきたのだ。

西郷は小倉屋の繁盛を確認出来たと同時に、当主の正一郎の人となりにも満足した。

正一郎はいつもそうであるように胸襟を開いて来客と語り合ううちに、薩摩の御用商人となって薩摩の藍玉を長州に購入する構想を抱き、その周旋を西郷に期待した。

小倉屋は長州本藩の御用商人ではなく、長府支藩御用商人でもない。長府支藩のそのまた支藩である清末藩の御用商人でしかなく、商人としての収益力は弱い上に、正一郎の来客への酒や金の振る舞いが増え続けていたこともあっての策だった。

但し、西郷と正一郎が一致した両者の思惑通りにはいかなかった。西郷は斉彬の急死で僧月照と一緒に入水し、一命を取り留めたものの薩摩藩主の最側近から外れ、正一郎は萩の御用商人に邪魔されて薩摩の御用商人になれず藍玉の利権も得れなかった。

しかし、その後も正一郎は来客する志士には一貫して物心両面からの支援をこれまでと変えることなく続けた。

晋作の市民軍の発想は松蔭の『草莽崛起』に端を発するものでもあった。晋作は清国軍が惨敗した結果を考察して清国人の中で自国を守ろうとする気概のある者がいたのか、そして彼らは連帯して国防に当たる必要性を共有していたのかという疑問を抱くなかで、松陰が生前に言い残した草莽崛起の言葉を思い出し、これこそが欧米の悪魔的侵略に対する防波堤になると気が付いた。そしてそれを高く評価して国中に広げる役割が中央政府の重要な責任であることにも晋作は気付いた。この視点から長州藩と日本を形式的に統治していると吹聴している幕府の実態を直視した。

「これでは駄目だ」

周布政之介率いる長州藩はまだしも、幕府については倒幕して欧米のような中央集権国家にしない限り清朝政府と同じ過ちを犯すと気が付いた。この点からも倒幕が急がれると思うようになった。

晋作は藩主と白石正一郎の前で公然と言い放った。

「奇兵隊員は、士族以外でも入隊を希望する者は誰でも受け入れ、市民軍として全員が西欧式に銃を持って集団戦闘を展開する。この晋作は、奇兵隊の開闢《かいびゃく》隊長として幕府に負けない長州藩第二の正規軍として中身を充実させる」

こうして晋作は、一八六三年六月に藩主敬親と世子の全面支援、そして下関の豪商白石正一郎の全面支援に助けられて市民軍である奇兵隊を創設し、開闢総長として欧米軍事力に負けない軍隊の育成に努めた。

しかし、晋作が開闢総長になって活発に動き出してから三カ月後。京で長州系公卿と松下村塾系過激分子が薩摩藩西郷らの陰謀で薩摩藩から排除される動きが起こり、これに反発する来嶋又兵衛や久坂玄瑞らが禁門の変を起こした。

京への出兵を騒ぎ立てる来島又兵衛を止めるべく、晋作は又兵衛と話したが、又兵衛は若僧の考えを一顧だにせず晋作を馬鹿にしきった。従来の正規軍が長州藩を代表する軍だとする頑迷な固定観念である「百姓に戦のことが分かるもんか」という言葉に晋作の鬱懐が爆発して、奇兵隊開闢総長の職を投げ出した。

晋作は来島又兵衛にブレーキをかけたことの責任を問われ、頭を丸めて出家して萩城下東側の椿という場所に庵を構えて蟄居《ちっきょ》した。西行法師を尊敬する晋作はあい並ぶ名として東行《とうぎょう》を名乗った。西行とは平安時代の代表的な歌人で、自らの死について「願わくは花の下にて春死なんその如月の望月のころ」という和歌を詠みその通りに死んだと伝えられる。

晋作はこの直前、正一郎と会っていた。

正一郎は二階の窓を引き開けて強い海風が運ぶ海峡の潮騒を聞きながら淡々と自分の思いを口にした。

「海峡には二つの真反対の潮流があります。主流は堂々と海峡のど真ん中を走り、海峡の両端の淵には主流とは真反対の流れが走っています。私の所に来る客はそのうちのいずれかですが、私は客に色を付けることなく一切の差別をすることなく、無私の心で淡々と寄り添っています」

晋作にはこの正一郎の言葉は素直に心に沁みた。自分には出来ない生き方だと思った。

賠償交渉全権

晋作が上海から帰国後、晋作と長州藩は政治的な激震に見舞われ、その激震は益々強まっていた。

薩摩藩では六二年八月に生麦事件が起こり、島津久光の大名行列を遮った英国人四人を薩摩藩士が無礼討ちし、一名が死亡、二名が負傷した。翌六三年七月に生麦事件の謝罪と賠償を巡って英国が薩英戦争を仕掛け、錦江湾で三日間の戦闘が行われた。

生麦事件で夷人を惨殺して攘夷の実を挙げた薩摩藩に対し、我が藩政府はまだ公武合体を説いていると憤った晋作は、松下村塾の過激分子である同志と相談し、外国公使を刺殺しようと目論んだ。ところが、これが若き藩主定広に伝わり、無謀であるとして謹慎を命じられた。

明けて六三年一月三十一日、晋作は御楯組《みたてぐみ》を結成し、志道聞多、伊藤俊輔らと共に品川御殿山で建設中の英国公使館の焼き討ちを決行した。

六三年五月十日、長州藩は孝明帝の攘夷命令に同意した幕府の動きに乗じて、異国船打払令を根拠に、下関海峡を通過する米英仏蘭の商船を一方的に攻撃する馬関戦争を仕掛けた。五月二十九日には定広も現地を視察し、長州藩砲術指南中島名左衛門が海峡の低地に設置した砲台と、そこから放った青銅製の大砲の威力を喜んだ。

欧米商船に対する三度の砲撃に長州藩士は興奮した。その為、この砲台が急ごしらえで砲術も未熟であり、欧米艦隊に攻撃されればひとたまりもなく破壊されると警告を発した中島名左衛門は、その日のうちに長州藩士に暗殺された。

六三年五月十二日には、のちに長州ファイブと呼ばれた長州藩の若者伊藤俊輔、井上馨（聞多）、山尾庸三、井上勝、遠藤謹助の五名が周布の密命で秘密裏に英国留学に出発した。

しかし六四年は、長州藩が遂に底の抜けた鍋のようになって壊滅状態に陥った年となった。

七月に禁門の変が勃発し、長州兵は蛤御門の外から内を守る薩摩と会津の兵と対峙して惨敗し、京から排除された。来島又兵衛や久坂玄瑞などが軒並み死に、桂小五郎は姿を眩ました。勤王藩を最大の誇りとして幕藩体制下で生きてきた長州藩は朝敵とされた。

この京での薩摩藩の長州藩追い出しの動きから引き起こされた禁門の変は、将軍家茂の強い意志で発令された第一次長州征伐に繋がる。第一次長州征伐が実行されるや禁門の変に関わった長州藩の三家老が切腹、その首に敬親の詫び状を添えて幕府に差し出して恭順を誓い、藩の存続を図ろうとした。

更に八月七日から九日まで、長州藩は四カ国連合艦隊に報復攻撃を受ける。一時的な大勝利に糠喜びしていた長州藩は英国軍艦に軍艦三艦を砲撃されて沈没した。仏国軍艦には艦砲射撃で関門海峡に設置した砲台陣地を爆破された上に、仏国軍艦から上陸した陸戦隊に藩自慢の砲台陣地も徹底的に破壊された。こうして長州藩に完勝した四カ国連合は、長州藩に戦争の賠償責任を求める交渉を迫ってきた。

英国留学していた伊藤と井上はロンドンで新聞を見てこの下関戦争を知り、急遽帰国した。そして二人が敬親父子と周布への帰国報告を終えた後に、晋作も二人の英国報告を聞かされた。晋作は報告を聞きながら、俊輔や聞多と自分の見解が尊皇・倒幕・開国について寸分違わないことに意を強くした。

内外同時の瀕死の危機に陥った敬親と定広は六二年の上海帰国後に聞いた晋作の報告を鮮明に思い起こし、直前に報告を受けた伊藤俊輔と井上聞多の英国報告「英国本国では清国の次は日本を植民地にすると息巻いているという話」と合わせて長州藩存亡の危機にあることを痛感した。この難局を乗り越えられるのは奇兵隊を創設した高杉晋作以外にないと決め、欧米に負けない軍事力の即時創出を命じる。世界の時局に目覚め、晋作の秘める真の歴史を創る力を見抜いて白羽の矢を立てたのだった。

東行庵に引っ込んでいた晋作は、急遽敬親父子と周布政之介に呼び出され萩城に直行した。そして、四カ国連合との賠償交渉に家老宍戸刑馬を名乗って交渉するよう命じられ交渉の全権を与えられた。連絡に来た俊輔と聞多も同行しており、藩主父子の話を一緒に聞き、その席で晋作の通訳を命じられた。士族でもない俊輔にとってこの大役は初めての藩命によるもので、晴れがましいことこの上なかった。

こうして晋作は山裾に庵を構えて一年も経たないうちに長州藩を代表して危険極まりない欧米帝国主義の大嵐に一人で立ち向かうことになった。まだザンバラ頭のままの晋作は、何の抵抗も反発もすることなく素直にこの命令を受け入れて賠償交渉に臨んだ。

晋作の心中には上海で欧米帝国主義国の非道ぶりに憤った血が再び沸き立っていた。清国の仇を日本が下関で討つという思いだった。

晋作は四カ国対決での完勝を狙った作戦を考えた。

賠償金については長州藩に求められるのは筋違いだ。長州藩は幕府が外国船は打ち払えと言ったから素直に言い付けを実行したまでのこと。賠償金が幾らは知らないが全額を幕府に要求すべきで長州藩はびた一文支払う責任はない。

俊輔相手に喋りながら自分の頭の中を整理している晋作はわずかでも長州藩にも責任があるという素振りを見せれば四カ国に付け込まれる危険があるのでこの理屈一点張りで行こうと決めた。

彦島の割譲は清国の香港割譲同様の手口でしつこく求められることが予想される。これについては上海租界地で英国への対抗心に燃える仏国とのせめぎ合いに乗じて両国の意見の違いを引き出せれば当方の勝ちとなる。だからそれぞれの見解を交渉の場で聞き出せればよい――ここに交渉の焦点が集中するように話を展開する。

晋作は上海で見聞きしてきた英仏の違いを改めて考えてみた。英国が主役であることは事実だが、それを素直に認めない仏国は、英国の主張と対抗する主張を必ず展開してくる。米国とオランダは取り立てて自国の主張を述べることなく、この交渉で得られる取り分さえキチンと分けてもらえればそれで十分という姿勢で臨んでくるように思われた。

晋作はこれが最適の答えと言えるのか自信が欲しかった。そこで白石正一郎に知恵を求めた後で周布を訪ねた。周布は萩の自宅にいた。

晋作の交渉要領を終始黙って聞いていた周布は、「これでいいでしょうか」という晋作の問いかけにニッコリ笑って「それで行け」と力強く答えた。周布はこの度の四カ国との交渉は晋作の思い通りに進むと判断していた。何よりも晋作に自信が溢れている。上海での見聞が余程晋作を成長させたのだろう。周布はそう受け止め、自分が長州藩を引っ張る時代が終わりつつあることを感じた。

交渉は下関に来港した四カ国の商船の中でも代表格の英国商船の船上で行われた。

交渉初日。晋作は煌びやかな桃色の家老格の紋付袴に烏帽子を身に着けて背筋をピンと伸ばし、米英蘭露の代表とそれぞれの通訳達を異様に輝く両目で睨み付けながらゆったりした足取りで登場した。

晋作は小柄だが昂然と真っすぐに頭を上げて、上背が高い連合国側交渉団の一人一人を見渡して昂然と言った。

「余は長州藩の全権家老の宍戸刑馬である」

晋作は大酒飲みだから声に艶があり、よく通る。晋作はこのよく通る声で名乗った。

米英蘭露の四カ国を代表して交渉する通訳は英国人のアーネスト・サトウだった。

アーネスト・サトウら四カ国の通訳陣の中で早速「宍戸刑馬という名の長州藩の家老は聞いたことがない」という話が湧き起こった。彼らはその場に長州藩の役職者名簿を持参しており、その名簿のどこにも家老格で宍戸刑馬という者の名は見あたらなかったからである。

晋作は対面冒頭から「おまえは偽物ではないか」と問い質された。

晋作が大声で答える。

「自分は藩主敬親公から家老職に任命され、今回の賠償交渉の全権を委任された者である。私に不信があれば敬親公に直接会って尋ねられよ」

敬親父子は晋作の奇兵隊創設と、その後のずば抜けた育成手腕を目の当たりにして晋作に家老宍戸刑馬という正式な肩書きを付けて藩の全権を担う代表として派遣していた。敬親は定広の提案をいつものように頷いて「そうせい」と言っていたのだった。

サトウは長州藩紳士録に宍戸刑馬の名がないことを確信しているがそれには触れずに、交渉開始を優先して本論の賠償の話から開始した。

「三〇〇万ドル支払われよ」サトウから切り出すと、晋作がすかさず切り返した。

「その全額を幕府に請求されよ」

「戦ったのは長州藩だ」サトウも切り返す。

「長州藩は幕府の異国船打払令に従ったまでだ」

晋作はそう言い切るとサトウを睨み付けたまま口を閉ざしてしまった。

そして二呼吸間を置いて連合国側交渉団を睨み付けたまま再び賠償金交渉の核心について大声で言い放った。

「賠償金問題は最初から幕府に求めよ。長州藩に求めるのは筋違いも甚だしい」

連合国側は晋作が言い放った予想外の激しい主張に磁石が鉄を吸い寄せるように一瞬で引き込まれ、宍戸刑馬は偽物ではないかとの主張は吹っ飛んでしまった。

アーネスト・サトウが口をあんぐりと開けて、長州藩無罪という晋作の主張に手厳しく反撃した。

「どういうことだ。我々連合国の商船に大砲を撃ち込んできたのは長州藩ではないか。我々が報復したのも長州藩の軍艦と長州藩の大砲とその砲撃だ。幕府はこの下関戦争のどこにも関わっていない」

晋作は続ける。

「そなた達は幕府が異国船を打ち払えと全国の諸藩に通達を出したことを知らないのか」

晋作はサトウの顔を凝視したまま一呼吸置いて続けた。

「長州藩は幕府からの通知に素直に従っただけのことだ。よって責めを負うべきは全て幕府であって長州藩には何の責任もない」

サトウは出席している連合国側一人一人の顔を見つめながら長州藩のこの主張をどう扱うかを探った。英国側代表の顔は長州藩の主張にも一理はあるという反応を見せていた。

しかし仏国側代表の反応は違った。「ここで引き下がらず、長州藩から賠償金支払いを約束させた上でその後に幕府にも賠償金を求めるべきだ」とアーネスト・サトウに耳打ちした。

サトウは晋作に正面から向き合って仏国代表の考えを伝えた。

「我々はまず長州藩からの賠償金支払いを約束させた上で、その後に幕府にも賠償金を求める」

即座に晋作が更に大きな声で言い放った。

「そなた達交渉団は理の当然という合理的な考えを知らないのか」

アーネスト・サトウが晋作の主張を英語にして連合国側の出席者に伝え、一人一人の反応を探る。英国代表は徐々に晋作の主張に理解を示し始めた。しかし仏国代表は「長州藩が実際に四カ国の商船に攻撃を仕掛けたのだから長州藩にも一定の賠償責任がある」と言い張った。蘭米は見守るだけだった。

小一時間が経っただろうか。サトウが米英蘭露の出席者と話し合った結果、この問題は改めて協議することになった。

「初日の交渉はここまでとして、それぞれ持ち帰った上で明日続きの交渉をすることでどうだろうか」

各国とも異論はなく初日の交渉は一時間で終わった。

翌二日目。英国の取りなしのせいか、実際にはアーネスト・サトウの働きかけで仏国は長州藩に賠償金の一部を求めることを取り下げた。四カ国連合側は、「仮に長州藩から取る金額がゼロとしても、要求する全額は長州藩と幕府を合わせて必ず取る」とした上で合意した。

次にもう一つの課題である彦島借り上げを協議する交渉に入った。

連合国側は賠償金以上に重要と考えている彦島割譲の約束を取り付けたかった。香港の現状を見ている交渉団一人一人は日本経済の動脈の要を占めている関門海峡の値打ちを十分に見抜いており、この要求から長州藩は逃げられないと踏んでいた。

晋作は事前に島津斉彬の下関と小倉を幕府直轄地にしなかったことは幕府の致命的な失政だという西郷吉之助からの指摘を白石正一郎に聞いて知っており、相手側が賠償金をそこそこにして彦島割譲を迫ってきたと受け止めた。

サトウが彦島と言った途端に晋作はサトウを睨み付けたまま「それは出来ん」と厳《おごそ》かに宣言した。

「何故だ」と食い下がるサトウに向かって晋作は、白石正一郎に教わった通りに声音を高めて朗々と祝詞を唱え始めた。ポカンとしているサトウに晋作が解説してやる。

「彦島は日本人にとって神宿る神聖な場所で、異国人が勝手に手を加える訳にはいかない。加えれば恐ろしい神罰が下る。地元の長州藩民は挙げて狂気になって攘夷に走る」

実は晋作は神道の言う神話を喋り続けて彦島割譲交渉を時間切れに持ち込もうという秘策を胸に秘めていた。

晋作はこの賠償交渉に臨む一週間前に白石正一郎を訪ね、香港を割譲した清国の桁外れの貧困化を説明した上で自分の秘策を語り、その為の神話を教えて欲しいとせがみ、正一郎からそれを聞き出していた。

見た目では香港は光り輝いているが、それは香港の所有者となって最大利益を獲得し、清国から莫大な利益を持ち出している自由貿易という仕組みがもたらしたものだ。英国は自国の工場で作った綿織物を清国に持ち込み、清国が伝統的に継続してきた手作りの綿織物を駆逐しただけでなく、絹織物をも綿製品にとって替え、その仕事も奪って清国内に夥しい失業者を生み出している。英国の利益は清国には何も配分されない。自由貿易が香港という今や英国領となった地域で行われるからこういうことになる。

もし彦島が香港と同じになれば同様のことが起こるのは必定で、これが英国の狙いだ。しかもそうなれば日本国内の物流の最大幹線である北前航路や江戸への海運も英国に支配されることになる。加えて今回は米仏蘭も英国に便乗して求めてこよう。だからなんとしてもこれを阻止する。

晋作はこの交渉の秘策は、この交渉自体を時間切れに持ち込むことだと考えた。ついては通訳の首領である英国人のアーネスト・サトウが通訳出来ない日本神話を喋りまくって時間を作ってゆきたい。それが可能な神話の内容を教えて欲しい。晋作の白石正一郎への依頼はこういうことだった。勿論この時も俊輔を帯同している。

関門海峡で物流業を生業としている正一郎には、晋作の言う危機感が手に取るように分かった。正一郎は即断して「神話の中身をお教えしましょう」と答えた。

正一郎は直ちに平賀神道の師匠に事の次第を手紙に書いて交渉の場に持ち出す神話の中身を教えてくれと直裁に求めた。師匠からすぐに返事が来た。

「そんなものはない。相手の目を一心不乱に見つめて説くのです。日の本の国の島は大小問わずどの島にも尊い神が宿っており世界中の誰に求められても割譲など出来ない。もし間違って時の権力者がそれをやれば直ちに暴動が起こり、様々な神罰が下ることになる。

このことは神話の最初のくだりに明確に示されているから、それをこの場でご紹介申し上げよう。そう言って神話のどのくだりでもいいからそれを喋くり捲《まく》ればいい」

正一郎はこの助言に加えて、晋作自身が言い間違いを繰り返して、その都度訂正して時間を浪費する策も提案し、二段構えで時間切れに持ち込むことを勧めた。

四カ国との賠償交渉は正一郎提案のこの一連の作戦が終わるまで中断された。四カ国側は晋作側に逃げられたかと心配したが、そこは世界を制覇してきた帝国主義列強のこと。悠然と待ち構えていた。

そして八日間の中断期間を置いて賠償交渉が再開された。

晋作はこの彦島割譲交渉が始まると物の怪に取り憑かれたかのように甲高い声で早口に繰り返し喋り始めた。

「その昔、神々は大小様々な島を創りたもうた。この長州藩がある本州もそれに隣接する小さい島々も神々の尊い御心で誕生し、一つとして除外していい島はない。大は大として、中は中として、小は小として、かけがえのない尊い存在である」

晋作は一呼吸入れる毎に間違いを自ら申告して訂正する。そしてアーネスト・サトウに向かって「分かったか」と問いかけた。
晋作はそれが終わると、アーネスト・サトウが理解が出来ているのか気配りすること
もなくまた一方的に喋り続けた。
三分が過ぎ五分が過ぎても一向に晋作の喋りは終わらない。
十分が経過してアーネスト・サトウが初めて口を挟み、
「彦島割譲の話になってからの宍戸家老のお話は全く理解出来ません」
と憤りを込めて抗議した。
晋作は待ってましたとばかりに断言した。
「この話を分かってもらわなければ彦島の話には入れない」
アーネスト・サトウはそれに応じて晋作の話の疑問点について質問をしようとした。
しかし何を質問したらいいのか分からなかった。アーネスト・サトウ以外の四カ国側交
渉団は狐に抓《つま》まれていた。いつの間にか一時間が過ぎていた。
こうして六四年の八月十八日から下関側の関門海峡に浮かぶ英国軍艦上で行われた三

回目の交渉は一旦中断することになった。

賠償金は幕府に負担させ、彦島割譲は晋作の持病である鬱懐を演じて目眩ましにして諦めさせる。晋作はこの賠償交渉に長州藩代表として臨み絶対権力者を演じきってイエスかノーかを迫る攻めの交渉を貫き通した。

「長州藩は幕府が決めた外国船打払令に従って砲撃したまでのことで、責めは幕府に求めるのが筋だ」と主張して賠償金全てについて拒否した。結果、幕府が当事者責任を負って、長州藩は無罪放免された。

また英国が賠償の一つとして下関海峡に臨む彦島を清国の香港島のように借り上げることについても拒否した。

晋作のこの交渉態度はこれまで列強が接してきた幕府と異なり、発言に論理性が貫かれており、言行が一致していて明瞭だと列強交渉団に強烈な印象を与えた。

彦島租借を中心とする関門海峡の香港化は、晋作のこうした知謀で回避された。

一方、将軍家茂の大号令で禁門の変の報復として六四年八月から始まった第一次長州征伐は五カ月後の十二月二十七日に終結する。しかし下関戦争のツケを一方的に押し付けられたことで幕府からの長州藩に対する締め付けは更に強まった。

藩政首座の周布政之介は行き詰まり、結局幕府との協調を第一とする椋梨藤太《むくなしとうた》政権誕生の流れが生まれ、藩政の主導権は椋梨藤太政権が握った。この政変に伴い敬親は萩城を出て山口の政庁に移り、周布は萩を離れて身を隠した。

長州藩は政治に関わる激震による奔流に見舞われた。

長州藩内のこうした大混乱で賠償交渉は長期間頓挫したままだったが、英国、フランス、オランダ、米国は長州藩の敗退と幕府協調型政権への交代と幕府の力の復興を見て、賠償交渉の相手先を長州藩から幕府に変えた。それに伴って彦島割譲の話も立ち消えになった。

藩正規軍に完勝

晋作は周布政之介が政権復帰の動きをしてくると待ち望んでいた。その時にはまっ先に駆けつけようと心に決めていたが、俊輔から周布政之介の自刃《じじん》を知らされた。

周布政之介は山口の馴染みの豪農の家の畑で自刃した。これを聞いた晋作は周布との最後の対面を思い出した。

晋作が野山獄《のやまごく》に入牢している時、周布政之介が泥酔して馬に乗ったまま牢内の晋作を訪ねてきたことがあった。勿論これは厳しく禁じられている行為で、模範を垂れるべき藩政最高位の者がやることではない。

周布政之介は翌日自らこのことを申し出て辞職願いを出し、受理されて山口の豪農の家に身を隠した。従って晋作にとっては、この牢内での対面が周布政之介との最後となった。

自刃の知らせを聞いて晋作は、周布が乗馬のまま自分の顔を見に来たのは「わしは消える。後は頼んだぞ」と直に伝えに来たからだということに初めて気が付いた。

晋作は元服の時の父の教えのせいか、これまで事を成すときに自分が一番手を買って出たことはなかった。しかし今はそれをする時と知った。決戦に負けて殺されるかもしれないが、今が自分の死に時だと思い定めた。松蔭の姿が目に浮かんだ。

次は俺と、俺が創設した奇兵隊が椋梨藤太一派に殺されると覚悟した。

晋作に松蔭の声が聞こえた。

「死ぬ時には若くても死ね。長い短いは二の次だ。何に死ぬかが一番大切なのじゃ」と。

一八六四年十二月十五日、功山寺《こうざんじ》決起。

晋作は上海見聞で得た最高の成果として、長州藩単独で資本主義の仕掛けを導入して東洋の英国になろうと訴え始めた。しかし白石正一郎以外は誰も賛同せず、正一郎も藩が椋梨藤太ら幕府恭順派に牛耳られている中では賛成出来ないと言った。晋作は打倒椋梨政権を標榜して決起する決心をし、旧知の奇兵隊幹部達に働き掛けるが誰も乗ってこない。

晋作は遂に一人決起を覚悟した。

これを打ち明けられた俊輔は「自分と相撲隊二十名は決起に臣従します」とその場で申し出た。

晋作は自分と俊輔と相撲隊二十名だけで出来る必勝策を立てる為に単身下見に出た。椋梨佐幕政権を否定して、従来の村田清風とその継承者周布政之介政権の路線を復活する為の決起に際して二つの大目標を設定した。

一つは、藩正規軍に決戦を仕掛けて完勝すること。

二つは、この完勝を理由として椋梨を罷免し、代わりに桂小五郎を首班とする藩の新政権を樹立すること。

しかしこの二つの大目標実現の鍵を握る根来上総《ねごろかずさ》と晋作は、敬親の前で二回同席したことしかなく上総の本心は掴めていない。晋作が奇兵隊創設で開闢総長に任じられた時と下関講和交渉に際して仮名の宍戸家老として長州藩代表に任じられた時の二回だ。晋作は上総との擦り合わせが本当に成功するかがこの問題解決の鍵と気が付いた。

俊輔の話では、上総は今下関に勤務していて赤間関と中関にある腰荷方が扱う金の金庫番と、中関近くの三田尻にある藩の海軍軍艦の元締めをやっているという。晋作は晋作流でいきなり根来上総の懐に飛び込んでみようと思った。

晋作は俊輔に上総の居場所を調べさせ下関の奉行所にいることを知っていた。

晋作は翌日早朝に馬に乗り、単身で上総のいる下関奉行所を訪ね、奉行所に到着するや門番に告げた。

「高杉晋作である。根来家老にお会いしたい」

門番は引き下がって上総に告げに行った。「すぐに行く」という上総の返事を持って門番が帰ってきた。晋作は「承知しました。ここで待たせてもらいます」と応じた。

晋作は門番に言われるままに馬を玄関に繋いで待った。

宿舎から旅姿の上総が出てきた。

つかつかと近づいた晋作が年上で本物の家老の根来上総に言う。

「上総殿。ご意見を承りたいことがあります。二人だけでお会いいただけませんか」

上総は「わしも晋作殿にお会いしたいと思っていた」と、晋作に「殿」と敬称を使って応じた。

「丁度いい。わしは今からお城に行く。ご同行されよ」

用意されていた馬に乗り上がりながら上総はそう言った。

「承知いたしました」晋作はそう答えて上総の馬のすぐ後を行く態勢を取った。

馬上の人となった二人は赤間関街道を萩城へと上っていった。俵山温泉を過ぎ萩往還道路に入った二人は、出発から二時間で萩城下入り口付近に到着した。

上総は無言で晋作の先を進む。晋作は上総の後をピッタリと付いていく。

二人とも相手の心の内を測るように押し黙って、ひたすら前だけを見て馬を進めている。やがて萩城と城下町が見え始めるまで近くに来た時、上総は馬を止めて「降りられよ」と言った。晋作は言われるままに馬を止めて上総に倣って馬留《うまどめ》に馬を繋いだ。

上総は黙って坂道を上り始めた。晋作は黙って付いていく。

坂道の上には山門があった。

上総は馬を降りて引きながら、山裾の細い道を辿って急坂の上り道がある山門の下まで晋作を案内し、またスタスタと急坂の階段を上り始めた。晋作は上総の後を追って付いていく。

階段は一〇〇段もあろうか。上総は階段を上りきった山門で寺に軽く会釈して、晋作を先導して境内に入っていった。この寺は萩城南方に位置するハゼの赤や銀杏の黄色に色づいた雑木林の山裾にあって、その場所だけがひっそりと息をしているようだった。

上総は玄関の戸を開けて「住職殿」と建物の奥に向かって大声で叫んだ。

「はーい」。奥から大きな返事があった。やがて屈強そうな初老の僧が出てきて「上総様どうぞお上がりください」と言う。

上総は刀を左手に持ち替えて草履を脱ぎ、我が家に帰ったように部屋に入っていった。小さな池のある庭に面した応接間の池側の席に晋作を案内して言った。

「ここは萩築城に先だって藩祖輝元公と我が長州根来の祖根来勢祐の隠れ家として建てられたもので、それ以来住職は我が根来衆の信用おける者で引き継いでおります。ここなら話の内容が漏れることなく対話することが出来ますよ」

いつの間にか晋作に対する上総の物言い全体が改まっていた。

「私はこの後お城での用事があるので退席しますが、本日の午後にはここに戻ってきます。お話はその時に伺わせてください。それまでここで座禅されるなど、茶や朝食を召し上がりながら静かな時間を過ごしてください」

上総はそう言うと側で聞いていた住職に向かって自分の言ったことが聞こえたか目で確認し、住職はそれに対して心得ましたと応じた。

晋作は玄関先で上総と別れ、部屋に戻った。

住職が抹茶を点てて待っていた。晋作は客の座る場所にどっかと腰を下ろして茶を一気に飲み干した。早朝からの早駆けで喉が渇いていた。そしてその手で出されている金《きん》鍔《つば》を口にした。

住職は晋作が飲み終わるのを待って静かに聞いてきた。

「晋作殿は甘い物をお好きか。今は萩銘菓の金鍔を召し上がっていただきましたが」

「甘い物は好きじゃ。金鍔は殊の外大好きじゃ」

「それはようございました」

住職はそう言って側に置いていた金鍔をもう一つ晋作に差し出した。晋作はそれも一気に頬張って食べ終わると言った。「住職。暫くここで座禅を組ませてくれ」

「どうぞ。ご随意に。池に向かって座禅すると心が晴れてくると言われるご仁《じん》もいらっしゃいます。どうぞご自分流で」

晋作の父小忠太と同年くらいに見える住職はそう言い残して部屋から出ていった。

晋作は池に向かって板敷きで座禅を組んだ。庭は小さなもので、その大きさに合わせて池が掘ってあり黒い小さな鯉が二匹泳いでいた。晋作は半眼になり、そのまま仮眠に入った。

二時間して上総が戻ってきた。晋作は座禅をやめて部屋に戻り、上総と向き合った。

上総が口を開いた。

「どうぞ何なりとお聞きください。お互い毛利公を思い、日本国を思っての悩みや苦しみを抱えている者同士。ここでの話は漏れることはありません。

晋作殿のお悩みをお聞きする前に私からこの場所について説明しておきます。

この場所とこの建物は、一六〇三年の萩城築城開始に先立って我が長州根来衆の祖である根来勢祐が主君毛利輝元殿と内密の打ち合わせをする場所として作られました。

以来お二人はしばしばここで秘密裏に考えの擦り合わせを行われ長州藩の藩是を形作ってこられました。輝元殿は本音を隠して生きることを強制されたのですが、勿論皆の前でそれを言うこともそれについて皆の意見を聞くことも出来ません。ですからここで本音のぶつけ合いをして長州藩の藩是の根本を定め、表は幕府の意向で装飾しながら藩の舵取りをやってきました。

輝元殿の本音は倒幕であり、その為の富国強兵です。この本音は輝元公の嫡男で長州藩初代藩主である秀就公が家康の孫娘を妻に押し付けられ、更に二人の間に出来た子が二代藩主と幕府から強制されている中では、幕府の意向に従うしかなく、時を待って本音を実現することしか出来ませんでした」

上総はここまで述べて一息つき、出されている抹茶をゆっくりと飲み始めた。聞いていた晋作の心の中を見透かして確かめるかのように。

晋作は話の続きを聞きたいという、赤児のようなおねだりの表情を浮かべていた。

抹茶を飲み干した上総が語りを再開した。

「この隠れ家には我が根来の祖根来勢祐の手で秘かに持ち込まれた埋れ火が今も消えずに大切に保持されています。萩城下で輝元公を褒め称え尊敬する者はおりません。輝元公はそれを後悔し、心中では詫び続けておられました。しかしその根本原因を作ったのが自分自身であることを自覚しておられる輝元公は、自らがそれを口にしてはいけないと強く自制し続けて生涯を終えられました。関ヶ原以降は輝元公の心中は懺悔の日々だったと拝察しております。

唯一それを知って寄り添い続けた者がいました。我が長州根来の祖根来勢祐です」

勢祐は紀州の紀の川沿いの岩瀬の地に構えられた真言宗根来寺を本拠とする根来衆三〇〇〇名の中の第二派閥として全員が根来宗を信仰し、一人一人鉄砲を持つ戦闘と諜報を切り札とする忍び集団として一世を風靡していた。しかし豊臣秀吉の紀州狩りつまり根来寺壊滅作戦で粉砕し、散り散りになった。この苦難に耐えていた時、頭領に声を掛けてくれた人がいた。秀吉が晩年にもうけた秀頼を守護する毛利輝元公だった。

一六〇〇年に起こった天下分け目の関ヶ原決戦。後日そう称される天下盗りのお芝居は、家康が脚本を描いて家康が主演した極致の謀略物語だが、この天下盗り関ヶ原決戦劇場が始まる直前のことであった。

毛利輝元は戦国大名に成り上がった毛利元就を継ぐ二代目として、元就の長男の嫡子として生まれた。しかし元就を継いで二代目となる予定の父が急死し俄《にわか》に二代目と位置付けられ、父の弟・吉川元春と小早川隆景の二人が補佐する大毛利統治体制の若殿に祭り上げられた。その時以来、輝元は二人の優れた叔父に指示されるままに動く操り人形として世間に登場した。

織田信長が明智光秀に暗殺された時は、備中で信長が派遣した秀吉軍が水攻めする備中高松城で秀吉軍と対峙していた。その最中に信長暗殺の一報が届き、秀吉軍は鮮やかにこの戦局を引き上げて京へ駆け戻る。秀吉は城主の清水宗治が水上の船で公開切腹することと引き換えに水攻めを解き飢餓に瀕していた城内の兵や農民を救出した。

毛利側は輝元の他に小早川隆景が現地に出向いており、秀吉側の鮮やかな引き上げを見守った。

信長の後は秀吉の世となり、輝元と小早川隆景は秀吉から優遇された。また秀吉に秀頼公が生まれたことで発生した後継者変更問題については、それまで秀吉の後継者とされてきた秀次を小早川隆景が養子に迎えることで解決した。

隆景はそれまで培ってきた小早川家の領土を秀次に献上して、秀吉の後継を秀頼に平和裏に明け渡した。この措置も関ヶ原決戦という天下盗り劇場では主要な謀略に取り込まれるのだが。

そして天下を取った秀吉は二度に亘る朝鮮征伐の大失敗を経て晩年を迎え、幼い我が子秀頼が豊臣政権を継げるよう有力大名による秀頼守護体制を敷く。その要となる仕組みが五大老の体制である。五大老は筆頭が徳川家康で第二位が毛利輝元。家康は隣国尾張の小大名だった信長が桶狭間で大大名だった今川義元を奇襲で打ち破った時を境に信長の傘下に入り、信長の天下取りの忠実な友軍として参加した。家康は信長が本能寺で暗殺された時には京にいて、命からがら三河の領国に帰国した。

秀吉が天下人となったとき以来、家康は秀吉と距離を置きながら徳川の勢力を少しずつ拡充して存在感を維持してきた。秀吉は大名を総動員して朝鮮征伐を二度も強行して大失敗するが家康は留守を守ると言って朝鮮に出陣することはせず、大坂城に残って朝鮮征伐軍に関わる全情報を収集して、天下盗り劇場のシナリオを練り準備していた。秀吉が死ぬと五大老体制の陣頭指揮を執ると言って大坂城の西の丸に入り込んでそこに居を移し、そこから家康による天下盗り劇場が始まったのだ。

その骨格は、秀頼親衛隊を分断して争わせ力を削ぐことと、天下盗りの決戦を演出することで構成された。前者は朝鮮征伐で現地に入って深い手傷を負った加藤清正や福島正則ら秀吉が取り立てて大きく育てた大名を家康の親衛隊に仕立て上げることを狙った謀略である。家康はその為に秀吉子飼いの大名と家康の身内との縁組みを積極的に展開した。秀頼の母親淀君に巧みに取り入り、淀君側近の大野らを家康の味方に引き込み、秀吉の正妻北の政所には手厚い贈り物を小まめに届けては関係を密にしていった。

加えて石田三成を反対勢力の首謀者に仕立て上げていく。朝鮮征伐時の戦闘の前線に立つ武者とその要求に応えて、兵や弾や兵糧を届ける兵站部隊とのぶつかり合いは戦闘が激しくなるほど避け難くなり、後にしこりを残すものだが、朝鮮征伐の折もそうだった。秀吉生存中は秀吉が取り成して対立が表面化することはなかったが、秀吉が死に家康が実権を握ると、家康はしこりを意図的に掘り起こして石田三成を家康反対勢力の首謀者に祭り上げた。

そして家康は大大名の毛利輝元を餌食として喰い尽くす悪巧みを立てた。西日本最大の領国を支配する毛利輝元の領土を全部取り上げて家康側の有力大名に戦功褒償として分け与えるという謀略である。輝元には二代目になった経緯から致命的な隙があった。小早川家を継いだ秀家には反秀頼の抜き難い感情があり、吉川広家には朝鮮征伐時の戦友として仲良くなった黒田長政を通じて広家が戦地に赴いている若い部下に横恋慕してその部下を殺し、妾として子を産ませた輝元を馬鹿にしているという輝元の機密情報も知っていた。

家康は一六〇〇年に東北征伐という大博打に出た。秀頼名での家康の命に従わない東北の大大名上杉征伐の軍を仕立てて大坂城を出たのだ。出城に際して輝元には自分の留守中は大坂城にいて秀頼を守護して欲しいと頼んだ。輝元は家康の悪巧みに気が付くことなく、家康の勧めに応じて家康がいた西の丸に移って秀頼守護体制を取った。家康は加藤清正や福島正則らを初めから引き連れて上杉征伐軍を構成したが、途上の参加者も積極的に増やして味方に付けることにも励んだ。征伐軍は夜になると必ず軍議を開いて大坂の情報を参軍の全員に知らせ親睦を図った。

やがて大坂の留守部隊から石田三成らが決起し、東北軍参加者の妻子を人質に取る暴挙を起こし細川の正妻ガラシャが自室に火をつけて死んだという一報が入って、三成憎しの感情が上杉征伐軍全体で湧き起こった。家康は軍を反転させて大坂方面に急ぎ引き返すことにした。一方三成方は大坂城にいる輝元を反家康の旗頭に担ぎ出すことに成功し、反家康軍を募って一路東に行軍し始め、両軍は美濃の関ヶ原で対決することになった。

家康はここで天下盗り謀略の仕上げを仕掛ける。まず小早川には決戦となった折の裏切りを約束させ、吉川広家には黒田長政を通じて毛利全土の安全保障を約束して、決戦中は軍を動かさないという約束を決戦の直前に取り付けた。

関ヶ原決戦は西軍、つまり反家康側の最大勢力である毛利方の中心に位置する吉川軍が動かず、やがて反家康側の背後の山の斜面にいた小早川軍が反旗を翻して三成軍側を攻め立てたことで反家康側はアッという間に大混乱に陥り、両軍各一万人余りを擁した決戦は六時間で終結し家康側が完勝した。家康脚本の見事な大勝利であった。

この時から毛利に属する人間には毛利惨敗に伴う地獄が始まった。輝元を支える役割を担っていた勢祐は輝元の心中を推し量り、それに寄り添って助言してきた。家康との謀略戦で惨敗し、自分が何の役にも立てなかったことを恥じた勢祐は輝元に殉死する覚悟を決めた。勢祐は根来の仲間に自分の覚悟を正直に伝え、各人それぞれの事情があるだろうからそれを優先してこれから進む道を決めてくれと話した。

しかし根来衆の仲間は全員が勢祐と行動を共にすると応えて付いてきた。勢祐は嬉しくもあり、ずっしりと重い責任も感じたという。長州根来衆の直系の子孫である。勢祐は長州藩の藩主を元就の血に戻すことと、長州藩が徳川幕府を倒して次の時代の日本を主導するという大目標を掲げた。勢祐はその実現に向けて付いてきた一五五〇名の長州根来衆を率いて輝元の影となって悲願が完遂されるまで生き抜くと念じ続けた。

しかし、六四年。その大願成就の道筋が見えるどころか本家本元の長州藩という鍋の底が抜けてしまった。そしてその瞬間、救世主が歴史の舞台に登場した。

救世主は欧米式市民軍を奇兵隊として立ち上げ、下関の豪商白石正一郎を取り込み潤沢な資金を使ってそれを本格的に育成し始めた。加えて下関事件への報復攻撃で英仏蘭米四カ国から要求された三〇〇万ドルという高額賠償金支払いを幕府に付け替えし関門海峡の喉元にある彦島割譲を要求する四カ国連合側の交渉意欲を封殺した。

ここまで淡々と語り続けていた上総は自分を見据えてきた晋作の目を柔らかく受け止めたまま言った。

「救世主の名は高杉晋作。あなたでした」

晋作は黙って聞いていたが、上総のこの言葉でカッと目を見開き力の籠った目線で上総を直視した。

「根来の仲間は、輝元公の火葬以来この隠れ家で大願成就を祈り、埋れ火を消すことなく守り続けてきました。私は長州藩を救い日本国を救う救世主はあなただと察知しましたので、この先私は根来衆の仲間を総動員してあなたのやられることをお手伝いさせていただきます。役職の手前から公然と手助けの打ち合わせもままなりませんので私の方から勝手に手助けさせてもらいます。ご承知置きください」

上総はそう言って軽く晋作に頭を下げ、一旦話を休止した。

数分後、上総はまた話し始めた。

「輝元殿の遺体は仏陀のように荼毘《だび》に付されました。勢祐はその遺り火を小さな火鉢に移し、密かに自分の手でこの隠れ家まで運びました」

上総はそう言って住職に埋れ火を持ってくるよう促した。暫くして住職は小さな火鉢を持って現われた。

「これがその『埋れ火』です。この隠れ家でこの『埋れ火』と対面していただいた方はこれまで三人しかいません。

一人目は七代目藩主重就《しげなり》公です。ご存じの通り長州藩中興の祖と言われ藩財政を六〇万石余りに増強された藩主です。この重就公は長府毛利のご出身で、それまで家康の血を受けていた藩主の流れがこれで止まりました。倒幕の悲願を持つ輝元公の目標の一つがこの方で初めて実現しました。重就公は城内獅子の廊下に藩政の抜本改革を検討実施する統合司令部を設けられ、藩内の有望な若者が集められました。その事務のまとめ役をされたのが村田清風殿のおじいさまです」

重就の次に『埋れ火』と対面したのは、重就改革で設置された獅子の間の改革本部の事務方でまとめ役を担った人物の孫、即ち村田清風である。清風は少年の頃から自分の爺さんを超えろと励まされて育ったと伝えられている。清風は年間予算の二十二年分の一六〇万石の大借金によって破滅の淵にあった藩財政を、絹の着用を禁止するなどの厳しい倹約令を出して藩民をあげて借金を半減させ、新田開発での米増産と遠浅の海での製塩などの殖産興業を支援しつつ併せて藩民間の相互扶助活動の普及で一人の落伍者も出さないように救済し、藩民の「百万一心」の活動を盛り上げた。中でも赤間関の地に越荷方を新設し、堂島商人の赤間関米相場を支援して藩財政に莫大な利益をもたらし、藩財政を八十万石余りにしたことだ。加えて、士族の半数を動員して羽多台演習を敢行。身分による兵制も廃止して兵制と軍備を一挙に蘭式化し、士族一人一人に刀に代わって銃を持つようにさせた。

長州藩は清風の強烈な富国強兵改革策断行のお陰で薩摩藩に次ぐ日本有数の豊かな藩に生まれ変わった。薩摩藩はサトウキビが生産出来、異国と貿易が出来る琉球という属国を経営する切り札で富国強兵を実現しているが、長州藩は属国も持たず士農工商という身分を超えた知恵と助け合いの合力《ごうりき》で強くなってきた。

この政策路線は清風の後継者である周布政之介の手で継承拡充されて今日に至っている。

周布政之介の母は清風の親戚の村田本家の娘で、清風は政之介を少年の頃から可愛がっていた。清風が藩政改革の司令塔になって藩政の全権を握ってからは、清風路線の後継者として特別の意欲を持って育ててきた。

「清風殿はよくここで一人座禅を組んでおられました。私は誰にも相談出来ず、誰にも口に出せない孤独な清風殿のお姿をここで拝見してきた感じがしておりました。現藩主の敬親公には埋れ火を見せながら今話したことを一度だけここでお話ししたことがございます。敬親公は静かに『埋れ火』を見つめられながらお聞きになりました。そして話の最後に深く頷かれました。

晋作殿、詳しいことは後日ここにいる住職から聞いていただきたいとして、私が晋作殿をこの隠れ家にご案内した訳がこれで分かっていただけると思います」

語り終えた上総は改めてじっと晋作の目を覗き込んできた。

「上総殿、ありがとうございます。晋作、身が震える思いです」

晋作は、こう大声でハッキリと言った後、まなじりを決して宣言した。

「近日中に上総殿がおられる下関奉行所を襲撃して軍資金を調達し三田尻の藩海軍軍艦を奪います。私が創設した奇兵隊を総動員して椋梨政権軍に決戦を挑み完勝を目指します」

上総は大きく首を縦に振った。晋作もまた大きく首を縦に振って頷いた。

「ありがとうございました」晋作はさっと立ち上がり玄関口に向かった。上総も付き従うように起ち上がり玄関口まで行った。

住職は晋作に「今日はいい啐啄同時《そったくどうじ》（学ぼうとする者と教え導く者の呼吸がぴたりと合い、相通じる意味を表す禅語で、何かをするのにまたとない好機を指す）を見せていただきました」と言った。上総は住職の言葉に無言で頷き、晋作を見送った。

晋作は一〇〇段の階段をゆっくりとした足取りで下りると馬留から馬に乗り、一路下関の東行庵に向かった。

上総に案内されたこの『隠れ家』はその後も何度か訪れて、晋作はその都度墓地で最も高く大きく立派な根来勢祐の墓を一人詣でた。『隠れ家』寄りの角にあって、まるで埋れ火を守っているかのような佇まいだったのですぐに分かった。その後住職から、根来勢祐、毛利輝元、村田清風、周布政之介に連なる一連のご縁を聞いては、小さな池のある庭に面した廊下で座禅した。

こうして晋作は藩政府軍に完勝する為に、椋梨率いる幕府従属政権が藩内の情報を牛耳る実力者である根来上総の支持を得ていないことに着眼して戦術を練った。

晋作は奇兵隊全員を味方に動員出来れば、藩正規軍に完勝出来ると見切った。

功山寺決起で晋作が得意とする奇襲に次ぐ奇襲でクーデターを仕掛け、奇兵隊を総動員する。幕府協調路線を取る椋梨政権を絵堂の決戦で完勝して転覆させ、村田清風と周布政之介路線を復活させる。改めてそう決心した。

一八六四年八月二十日、晋作二十五歳。

奇兵隊が椋梨藤太の動員する正規軍に勝てるかを現状の戦闘力と指揮官の問題意識について調べて報告するよう伊藤俊輔に命じた。井上聞多には敬親がどこまで椋梨藤太に担がれるつもりか、どういう条件が揃えば晋作側に乗ってくれるのか調べて報告するよう命令した。

晋作は俗論派を奇襲して完勝する戦略を立てた。そしてこの効果が最大となる戦地を絞り込んだ。その上で晋作は俊輔に「功山寺に籠る」と告げて単騎で功山寺に入り座禅を始めた。

晋作の作戦は、藩の正規軍との決戦前に、この戦で必要な軍資金を掻っ払うことから始め、その上で椋梨派を揺さぶる為に藩の軍艦三艦全てを奪取するというものだった。

奪った軍艦を萩城沖に停泊させて城と城下町に向けて軍艦から空砲をぶっ放して脅すのだ。

一八六四年十二月十三日の寒い日の未明。晋作は力士隊三十名だけを連れて、下関にある赤間関腰荷方の金庫を預かる奉行所の襲撃に向かった。力士隊は伊藤俊輔が隊長を務める奇兵隊の一部隊である。

道中、石川率いる他藩の外人部隊で構成する諸隊の遊撃隊五十名が合流するという一報を得て、力士隊三十名と合わせて八十名の奇兵隊仲間で襲撃することに急遽変更し、晋作らは編成し直しの為に長府に引き返した。

翌十五日。時折雲間に満月が顔を覗かせる雪の降る夜。晋作は功山寺に滞留している三条実美《さねとみ》ら長州寄りの五卿に挨拶し「長州人の肝っ玉をお見せする」と宣言して、赤い緋縅《ひおどし》の小具足《こぐそく》を身に着け、首に桃形の兜を引っかけた姿で馬上から功山寺を後にした。

奉行所の最高責任者は馬関総奉行の家老根来上総。根来上総は代々諜報活動を受け持つ家老で、自前の諜報網から上がってくる晋作の動きを逐一捉えており、その動きを好意的に見ていた。上総は一五九〇年頃に毛利輝元の懇請を受けて根来衆一五五〇名を率いて毛利輝元の元に馳せ参じた根来衆第二派閥の頭目勢祐直系の子孫である。上総はこの時も秘かに根来衆末裔を束ね、奇兵隊の中にも一族の末裔を参加させており、奇兵隊の現場事情を把握していた。

上総は力士隊と他藩浪士で構成する諸隊の二隊の動向をくノ一の楓から俊輔に繋いで、晋作の考えが隊員の一人一人まで徹底して伝わる役割を果たしていた。

上総の晋作の動きに対する好意を晋作は敏感に感じ取りながら、俊輔とこの決起の完勝策を練り続けそれを迷わずに断行していく。

奇兵隊の中では上総の手下である疾風が有朋の側近となっており、萩正規軍の動向についてはくノ一の楓が浜崎の料亭で仲居をしながら決起潰しの動きを警戒して見張っていた。また、上総の下には藩から井上と佐幕派色が強い寺内の二人が配されている。

晋作はこの襲撃隊に特使を派遣した。特使は上総宛の書状を示して上総に金穀と佐幕派色の強い寺内の身柄を晋作に差し出すことを求める一方で、井上は萩に帰すことを要求した。上総は保管している金庫から銀八貫目だけ差し出して寺内は隠した。晋作は帰ってきた特使に八貫目では足りないと言って再交渉を命じた。晋作は残りの八貫目も受け取ると直ちに八十名全員を連れて奉行所を出て海に向かった。

決起隊は長府藩主が晋作に自重を求め、この決起に反対して長府藩領は通さないと伝えてきたから、沿岸にあった小船をかき集め海路を東に進み三田尻に向かったのだった。晋作は萩を決戦場と見立てて、三田尻で奪う藩の軍艦で海から萩城を攻める脅迫策を秘めていた。

一八六五年一月六日、晋作率いる決起隊八十名。石川率いる他藩浪人からなる諸隊五十名余りの合計一三〇名は上総の支配下にある三田尻の海軍基地を襲撃し、首尾良く藩の西欧式帆船の三艦の軍艦全てを手中に収めた。晋作はその四日後の十日には下関の吉田にいて、奇兵隊本体を統率する山縣有朋《やまがたありとも》の参陣に成功する。

山縣有朋は萩城下の藩士の中間の長男として生まれ、松下村塾に入門した時期は狂介を名乗った。晋作から奇兵隊への参加を勧められ隊員として入隊してからは有朋と名乗った。

目端が利く伊藤俊輔が、例えば英国留学の話を聞き出してチャッカリ自分を参加させたのを最大の特徴とすれば、有朋はその逆だった。有朋は自分が属する集団の重心がどこにあるのか、その重心はどこに向かおうとしているのか、その動きを肌感覚で察知する天才だった。また集団を構成する一人一人に目を配り、その家族の心配事なども自分が出向いていって解決してやる習慣を身に付けていた。晋作には出来ないことだった。

有朋が打算で演出したものかは分からないが、その結果として有朋は仲間から最も頼りにされる存在になっていた。

晋作は功山寺で蜂起し藩の下関の会所で金を奪った時に有朋に働きかけて参加を促したのだが、奇兵隊の本体は晋作からの誘いに応じていなかった。

三田尻で藩の軍艦を奪うことに成功した晋作は、俊輔を走らせ吉田に駐屯させていた有朋に報告させて、決起への参加を強く要請した。

有朋は奇兵隊を束ねる役職を得ている訳ではないが、奇兵隊本隊三〇〇～五〇〇名を実質的に指揮していた。

有朋は晋作が三田尻の海軍所で軍艦を奪った時、晋作の動きを応援している根来上総の反応に何かを感じ取ったのか、ここまで慎重に決起の成否を見守っていたが、奇兵隊幹部会を招集して一人一人の意見を確認した上で、意を決して晋作決起軍への参加の胆をくくった。これは有朋ならではのやり方で、これまでも同じように奇兵隊全軍の意向を常に掌握してきた。この場合も例外ではなかった。

有朋は奇兵隊本体の参加を晋作に伝えてくれるよう俊輔と聞多に申し出た。有朋と晋作は元はと言えば奇兵隊創設以来の、更には松下村塾以来の仲なので、晋作はニッコリ笑って当時を思い出しながらこの遅れをすんなりと受け入れた。

有朋は奇兵隊全軍に幹部会の意向を開陳し報告した後、晋作に「直ちに藩正規軍との決戦作戦を決めていただきたい」と申し述べ、晋作の吉田来訪を願い出た。

仮眠を取っていた晋作はこの知らせで飛び起きて、馬上の人となって吉田の奇兵隊本拠地に向かった。吉田の奇兵隊本拠地では有朋とその幕僚達が「開闢隊長殿」と全員立ち上がって敬礼して迎えた。晋作は馬から降りると立ったまま「ご苦労」と言って挙手で返礼した。

集まった騎兵隊の皆は晋作が立てる完勝作戦の中身とその歴史的意義を知りたがっていた。有朋を中心に全員が結束してきたのには訳があった。

松下村塾自体は二年程度しか開かれなかったが松下村塾に入塾した若者には生まれた身分から来る下積み生活に憤る若者が数多くいた。有朋自身がそうだったが、有朋は塾生仲間の中から太吉と卯吉を手懐《てなず》けて自分の持ち駒として大切に育ててきた。松下村塾の仲間に不幸があると真っ先に駆けつけて、率先して汗をかき、仲間の家族全員から感謝された。有朋は太吉と卯吉に声を掛けて連れ立って現場に行き、手分けして現場で必要とされる肉体労働をした。お礼として受け取った報酬の半分はそのまま積み立てて帳簿に明るい三郎に管理を委ねた。

三郎は白石正一郎商店の会計担当の若者で、主人の正一郎が晋作に一目惚れして奇兵隊に入った時に正一郎のいわば付け人として一緒に入隊し、正一郎の下役を命じられていた。三郎は商家の出で松下村塾の塾生ではなく、商家の一員として幼い頃からお金の出納《すいとう》に興味を持ち、その仕組みを身に付けていた。

この言わば有朋組に、隊員にまつわる不幸な情報を掴んで知らせるのは早耳役の俊輔や聞多だった。有朋はその謝礼にも長けていた。有朋は自分が謝礼として受け取った現物を俊輔や聞多に渡して現金に換金してもらい、その内の半分を二人に取ってもらっていた。

有朋組の活動はやがて隊員全体に知れ渡り、奇兵隊全体の互助会組織の役割を担う非公式組織となって、その組長としての有朋は特別な存在になった。

有朋が俊輔を介しての参加要請に最初に応じなかったのは有朋自身の判断基準による。有朋は晋作同様負ける喧嘩はしないという強い信念を持っていた。有朋にとって勝つ戦とは優れた武器を敵よりも数多く持ち、加えてそれを使いこなす部隊が敵の戦意よりも数段上の戦闘意欲を持っていることだった。この時の奇兵隊には正規軍に対する気後れが全員にあったから、気合いで正規軍に劣り、とても勝つどころではないと判断したのだった。

しかし局面は晋作によって打開した。

晋作は白石正一郎に依頼して正規軍よりも最新式で優れた銃を一〇〇〇挺調達して提供すると有朋に申し出たことに加えて、時の奇兵隊隊長赤禰武人《あかねたけと》をこき下ろして、自分こそが藩主から信認されてきた奇兵隊開闢隊長だと権威付けたからである。

晋作は声高々と言い放った。

「我が髙杉家こそ三〇〇年の長きに亘って毛利公に仕えて臣従してきた恩顧の家門であり、奇兵隊はこの晋作が敬親藩主と世子から直々に命を受けて、藩の正規軍に負けない、英国軍にも負けない市民軍、つまり藩民軍を創ったのだ。

これが奇兵隊だ。赤禰如き百姓根性から抜けきれない負け戦をする軍隊ではない。奇兵隊は敬親藩主父子肝入りで誕生したのだ。そのご下命を直々にお受けした者こそこの晋作だ。赤禰は奇兵隊から永久に追放する。以後はこの晋作が奇兵隊発足時に立ち返って指揮する」

晋作は声を大にしてこう断言した。

これを直に聞いた有朋はこれで勝てると踏み、「有朋始め奇兵隊員全員は高杉晋作開闢隊長の下に喜んで参加させていただきます」と即答したのだった。

有朋の合流を俊輔から聞いた聞多は、すぐに山口の政庁に出向き敬親に面会して、奇兵隊本隊の決起軍へ参加の見込みと伝えた。聞多は奇兵隊が決起軍に参加するとなれば萩の正規軍との決戦は避けられず、雌雄《しゆう》を決する戦いが起こるであろうと敬親に報告した。

敬親はいつもの顔で聞いていて、いずれに味方するとは言わず、それを口にする気配すら見せなかったと晋作は聞多から報告を受けた。晋作は敬親の顔を思い出しながら「それでいい」と言った。

次いで有朋とその幕僚達に簡明で具体的な命令を出した。

「緒戦で撃破すること。その為のおとり軍を編成して正規軍を引き寄せ二つに分断する。その上でそれぞれの大将の首を獲れ」

有朋が晋作の命令を引き継いで指示を出した。訓練してきたように二つの窪地に正規軍を引き込み、そこに予め待ち伏せしている部隊が銃撃する。いつものように三人一組でバラバラの兵を囲い込んで群れとして狙撃する。

晋作が言った。

「それでいい。正規軍一人一人の戦闘意欲を打ち砕くことが一番大事なことじゃ」

命令はこれで終わった。

「萩に逃げ帰る兵はどうしますか」聞いていた大吉や卯吉などの幕僚から質問が出た。

晋作が答える。

「追撃して撃て。但し深追いはするな。同じ長州藩の軍だから、いつかは長州軍として幕府軍と戦う日が来る。奇兵隊はこれから回天をやるんじゃ。奇兵隊こそ藩主敬親公の真意を受けて誕生した軍ぞ。じゃからお互いえらー（しんどい）ちゅー言葉だけは言うな」

晋作はこの言葉で奇兵隊決起の場を締め括った。

有朋が晋作に正面から直立して晋作の命令を全て反復して言った。「全て承知いたしました」と。

晋作は有朋ら奇兵隊幹部と打ち合わせて絵堂太田の決戦に臨んだ。

奇兵隊全員が集められ、高杉から萩の正規軍と決戦すると告げられるや、隊員各人から時間の経過と共に幼少時からの各人の鬱積した恨み辛みが噴き出てきて戦闘意欲はいやが上にも上がっていった。奇兵隊に自分から希望して参加した一人一人は身分が持つ理不尽さに耐え忍んで生きてきていたのだ。

晋作だけは上級武士の出なので別格だが有朋を含めて全員が身分上で目上の者には常にあら探しをされ、人の面前で罵倒された。どこにも持っていけない屈辱の涙を流し続けてきた。

我ら下積みの者の嗚咽が分からない正規軍の奴らめ。これまで幾度血の涙を流してきたことか。若僧が命令する。それは目上の身分の者に対する言葉使いではない。改めろと！　これが藩民軍の騎兵隊の根本的な強さだと見せつけてやる。

「我々が完勝する」晋作が繰り返す。

萩の正規軍は戦闘経験もない、士族という身分だけで参加した老人が多く、大将もまた老人だった。禁門の変で若い勢いのある士族は表から消えていた。

一方奇兵隊側は大吉や卯吉が中心となってこうした正規軍に対して囮《おとり》を使い、罠が仕掛けてある場所まで誘導した。そこで待ち構えていた射撃隊は三方向から一斉に射撃した。これを見た残りの正規軍は浮き足立って逃げ始めた。奇兵隊側はかねての打ち合わせ通りに逃げる正規軍に対して激しく追撃射撃を浴びせた。

運良く萩に逃げ帰れた正規軍残党に対して晋作は、幕府から奪った軍艦丙寅《へいいん》丸の艦砲から空砲で萩城と城下町を攻め続けた。そして奇兵隊が萩城下になだれ込むことは避けて城下の近くで動きを停止した後、一転して山口まで引き上げ、山口拠点から萩包囲網を敷いた。山縣ら奇兵隊幹部の意を受け入れて晋作が下した措置だった。

決戦は晋作の作戦通りに終わり、敗残の正規兵は萩に逃げ帰った。

この決戦は全員が最新鋭の精巧な武器で武装された市民軍奇兵隊と旧式武器で一人一

人がバラバラな攻撃対応をする正規軍との戦いだった。関ヶ原以来の武装で戦う正規軍と市民革命軍との対決図でこの後に起こる第二次長州征伐や戊辰戦争の雛型になる戦闘だった。

晋作は伊藤と井上に有朋を加えて敬親公に戦勝報告に行った。

敬親は第三者の有識者八十名で構成する中立委員に晋作か椋梨かどちらが長州藩の政権を担うのに相応しいか諮問した。結果は晋作の決起が正義だと認定された。

敬親はこの結果報告を聞き終わると、同席している政務役を招き寄せて命じた。

「藩内対決は終わった。椋梨の政務役首座を解任し晋作の政務役首座を命じる」

そして付け加えた。

「この命令を萩の益田に伝え、椋梨を含む全政務役六名全員に直ちに伝えよ」

実質の晋作政権の誕生である。

この動きの中から生まれた鎮静会議員二〇〇余人は晋作決起の正義を認定し、その旨を吉田松陰の兄が鎮静会議代表として藩主父子に上申する。

一八六五年一月十六日。それを受け入れた敬親は椋梨罷免と晋作政務役就任並びに山田右衛門政務役首座就任を正式に承認する。知らせを受けた晋作は敬親の下に駆けつけ即座の政権交代に深謝した後で意外なことを言った。

「私は家の外で汗をかく人間。家に収まって表座敷の床の間に座る人間は桂さんです。私は奇兵隊を率いて藩正規軍に完勝し、藩正規軍から恨みを買いました。この先幕府軍との戦いに完勝出来るように藩正規軍を根本から全て作り直す必要がありますがそれが出来るのは村田蔵六《ぞうろく》以外にありません。蔵六は大坂適塾の塾頭だった人間で古里の山口に帰ってきました。蔵六は四国の宇和島藩で西洋の強い軍の仕組みを独学で研究していています。この蔵六に藩正規軍の作り直しをさせるのです。

藩正規軍はこの度の絵堂太田の決戦で惨敗した結果、奇兵隊を指揮した私を恨んでいると思います。だから私が音頭を取っても藩正規軍の根っこからの近代化を遂行出来ません。そこで蔵六にこの大役を担わせるのです」

敬親父子はここで大きく頷き、「そうせい」と言った。

晋作はそれを確かめた上で更に言葉を繋いだ。

「航海遠略策の長井雅楽は六三年三月に既に藩命で切腹しておりますが、椋梨藤太を直ちに処分する為に野山獄に入れます。幕府はこれに反撥して必ずすぐにでも第二次長州征伐を仕掛けてくる筈です。長州藩の狙いは倒幕です。長州藩は倒幕出来る政権と圧倒的に強い軍事力を大至急整えなければなりません。その為には中心人物が決め手となります。

今縷々《るる》申し上げましたように新しい長州藩の政権は、政治面は桂小五郎が適任で、軍事力の急速な拡充を必要とする軍事面では村田蔵六を中心に据えるしかないと考えています」

実は絵堂太田の決戦直後には次の幕府軍との戦いは奇兵隊と正規軍の併用を原則とし、武器と集団戦法は正規軍も奇兵隊方式を採用しようとした。そして隊長は小隊長から全てを奇兵隊員が務め、晋作が総長として取り仕切り、有朋が副総長として補佐する体制で実現しようとした。

しかしこの考えを伝えると、有朋はこの案を見直すよう進言してきた。正規軍の感情的な反発が強くこの仕組みでは上手くいかないと言うのだ。晋作はこの進言を直ちに受け入れた。晋作には自身が「そうだ、そりゃー無理だ」と感じたことにはすぐに従う柔軟なところがあるが、この時がそうだった。

そうして代替案を有朋と練った結果生まれたのが蔵六による正規軍の改造だった。蔵六に正規軍の脱皮を全面的に委ねることに方針転換したのだ。

この場に同席した者は全てこの案に賛同し、晋作の熟慮に感心した。

晋作は自分の考えを話し続けた。

「村田蔵六は桂小五郎を慕っています」

蔵六が桂に傾倒していると上総から聞かされていた晋作はそう言った。

「蔵六に桂さんの帰国を頼み、二人に幕府軍に完勝出来る長州藩へ脱皮させる回天を主導してもらうのです」

敬親父子はまた頷いた。晋作はまだまだ続ける。

「桂小五郎の連れ戻しと、村田蔵六を口説く為に根来家老殿にお力添えいただきたい。俊輔や聞多にも協力させます」

晋作はそう言って片隅で聞いていた上総に深く頭を下げた。俊輔と聞多も晋作に倣って上総に頭を下げげた。敬親は柔和な目でこの動きを見守りながら力強く首を二度縦に振り「全て晋作の言った通りにそうせい」と言った。

一八六五年四月。長州藩の最大実力者となった晋作は、村田蔵六に桂帰藩の労を取るよう要請した。

蔵六は桂の愛人である京芸伎の幾松が但馬出石の商家の息子広戸甚助に連絡を取り、二人で桂を長州に連れ戻した。甚助は対馬藩出入りの商人で桂を匿《かくま》った男だった。

十日後に山口にある聞多の実家の旅籠に泊まっていた晋作のもとを上総が訪れて報告した。桂は城崎温泉で元気にしており、幾松と蔵六の二人で連れ戻しに行きたいと言った。

晋作は「さすが根来ご一統。ありがとうございます」と感謝した上で是非敬親公の前に連れ戻してきて欲しいと念押しした。

晋作は持って生まれた天性で歴史の風を見抜く術を心得ていた。

伊藤俊輔が村田蔵六に呼ばれて桂小五郎の手紙を見せられ、広戸甚助が桂と幾松を伴って長州に帰藩する動きを知った時、晋作は俊輔を介してさりげなく桂に下関潜入を勧めさせて桂と幾松を守る態勢を取った。自分が下関を本拠地にしており、奇兵隊が白石邸に本拠を構えているからである。

実際に桂と幾松が下関に入り、桂が敬親に帰国報告した中で、一六〇〇年の関ヶ原の戦い以降の毛利本藩の藩主から冷や飯を食わされてきた岩国藩主との和解演出を桂が上申したと知った時。そして敬親がそれに大喜びして桂の提言を実行に移したと知った時。晋作は桂政権の成立を確信し、身を退く時が来たと悟る。

一八六五年五月二十七日。桂は敬親から歓迎され、敬親から木戸の名字を貰い藩の統率者となっていた。

その後一カ月経って桂と蔵六の姿が山口の敬親の前に揃った。敬親は両名に改名を命じ、三週間後に萩城で全幹部を集めてお披露目しようと言った。

三週間後のお披露目の場で桂小五郎は木戸孝允《たかよし》、村田蔵六は大村益次郎と改名して萩城の大広間で全幹部に紹介された。このお披露目は敬親立ち会いの下で益田家老の主導で恙《つつが》なく終わった。こうしてさらりと木戸政権が誕生した。

こうした政治のしゃちこばった動きに反発するように、晋作は下関芸伎が酌をする座敷で初めておうのを見た。酒好きで客相手に幾らでも酒を飲み、その全身から匂い溢れる、天性の官能の塊のような艶っぽい初々しさにコロッといかれて虜になり、おうのを口説き始めた。

口説きの切り札は都々逸だった。「三千世界の鴉を殺し主と朝寝がしてみたい」。これをその場で創って座敷に皆がいる中でおうのに向かって披露した。即興の歌詞と音曲だがそれを自慢の三味線を奏でながら得意の美声で歌い上げた。晋作は大酒飲みだから声にも艶がある。その艶のある声を張り上げて口説いたものだった。

同座する客が曲に合わせて拍手して盛り上げる。

晋作は金を整えて置屋に出向きおうのを身請けした時、白石正一郎に頼んで二人が同居出来る小さな家を世話してもらい、東行庵と名付けて住み始めた。奇兵隊の人数が増えて白石邸に駐屯するには狭すぎることになった為、白石邸から遠くない場所に移転した頃のことだ。

晋作はその新婚生活のような同衾《どうきん》生活を始めた初日に、まだ幼さを残すおうのから約束事を求められた。

「うちは下関で生まれ下関で育ったから、下関の外には一度も出たことがないの。だから外の世界に行って外の世界の素晴らしさを経験して楽しむことが夢なの」

晋作が鼻の下をだらしなく伸ばしきって、

「分かった。連れていくと約束しよう。どこに行きたいんじゃ」

おうのが答える。

「金比羅さんにお参りして金比羅踊りの輪の中に入ってうちの三味線で弾き語りしたいの。温泉宿に何泊も泊まって」

「分かった。約束する」晋作はそう答えて初めておうのを抱いた。

この前日、晋作は木戸と大村を案内して萩に入り久々に生家に戻っていた。道は喜び、小忠太は晋作は大罪人になるのではないかと今もハラハラドキドキしていた。お雅と幼い東一は訳が分からないまま晋作を迎えた。

晋作の帰宅は一晩だけで、顔を見せに寄っただけで終わった。晋作は久しぶりにお雅と枕を共にしておうのとの違いを改めて痛感していた。お雅は確かに萩一番の美人であり、上級武家の家内として申し分のない躾が備わっている。その上品さと小気味よい切れのある動きには息を呑むような見事さがあって、非の打ち所がない。

一方おうのは全くその逆で柔肌といい非常識とも思える怪しい所作といい、天性の色気が溢れ出ている。晋作はその両方を堪能している自分を宝物の持ち主と自覚し心から満足した。

萩への帰省が終わった後で晋作は敬親父子と木戸と大村に言った。後は幕府を圧倒的に凌ぐ最新鋭の銃と大砲を英国のグラバー商会から大量購入するだけだ。これについては土佐の坂本龍馬の知恵と力を借りることにした。

晋作は海援隊を組織する坂本龍馬に大型商談と言って、松下村塾付近の自分の庵に呼び出した。日本の危機感を共有して意気投合し、上海土産のピストルを龍馬に贈った。

龍馬は日本初の商社と言われる海援隊を創設して、国内国外をまたぐ商取引を仲介して利益を得ていた。長州藩が長州征伐惨敗の処罰として海外からの武器弾薬輸入を厳禁されているという難問をあっさり解決したのが龍馬だった。薩摩藩が英国のグラバー商会から買った最新鋭の銃と大砲と弾薬を、長州藩が長州米と物々交換することを提案した。これを実現する為に、龍馬は薩長同盟を締結させる役割を買って出る。長州藩では晋作に、薩摩藩では西郷に話をして同意させた。

晋作は全てを木戸に報告して事の成功を全面的に託した。

京の薩摩藩邸で龍馬と薩摩藩家老小松帯刀《たてあき》が立ち会い、薩摩藩の西郷隆盛と長州藩の木戸孝允とで薩長同盟の約束がされた。この同盟は極秘合意の為、紙に書いたものは残されていないが、その主旨は二つ。一つは薩摩藩は第二次長州征伐に積極加担しないこと。二つは薩摩藩は長州が必要とする最新鋭の銃と大砲と弾薬をグラバー商会から買って、それを龍馬が仲介して長州米と物々交換するということだった。最新鋭の銃とは先込式で丸い弾丸の一丁五両の英国式のゲベール銃と先込式ライフル銃で一丁一八両の蘭式エンフィールド銃（ミニエ銃）である。

薩長同盟成立の結果、長州藩は幕長戦争に必要とする最新鋭の銃と大砲を手に入れられることになり、晋作は幕長戦争完勝の準備に専念した。

晋作は極めて単細胞でアンバランスな人間だった。戦闘には人の三倍の集中力を発揮して爆発させるが、戦闘が終わった途端に抜け殻となり、充電が完了するまで使い物にならない欠点がある。

晋作の生き方は、木戸が得意とする関係者全員で合意を形成し、その合意を愚直に守り抜くという点で木戸とは根本的に異なる。また大村の身上である全てを論理で理解して、その論理的結論に従うという日本人離れした生き方とも根本的に違う。

晋作は自分に湧いてくる天からの声、それを天狗の声と言う人もいたが、それに則って生きるとは戦いに完勝することだという唯一の価値基準と感性だけで生き抜いた天才児だった。

晋作は出処進退をものごとの根源から見定めてその上を跳ねる鮎だった。功山寺では奇兵隊本体を率いる山縣有朋が賛同しない中を伊藤俊輔の力士隊十名だけを連れて決起した。

そして、それ以上に引き際を見抜く天才だった。桂がやり易いように、また蔵六が藩全体の抜本的な軍事体制革命をし易いようにという晋作流の温かい配慮を感じる。

晋作自らはこの時から、幕長戦争を完勝させる為に浜田藩や安芸、小倉小笠原藩の動きを含めて長州藩外からの真の情報を収集し、幕長戦争完勝策を解析し尽くすことを決意した。

上海で、そして下関講和交渉で気が付いた欧米列強による彦島占領と、そこを拠点として日本最大の交通の要衝である北前航路を支配するという考えがすぐに晋作の頭に思い浮かんだ。晋作は幕府の長州支配戦略を具体的に推理し始めたのだった。

一方で晋作は自分が持たない、蔵六の軍事力を組み立てる知恵と、銃や大砲、軍艦など最新兵器を的確に推理する力と、それを現実に手に入れる力に驚嘆していた。

こんな中で、英国や上海の英国租界地での経験を経て攘夷の旗を降ろし開国すべきだという強い考えに転換した晋作と伊藤俊輔と井上聞多の開国派三人組は、かつて所属していた尊皇攘夷運動の過激分子から命を狙われるようになった。

井上聞多は攘夷派から襲撃され全身を切り刻まれたが辛うじて命を保ち、自宅のある湯田温泉で湯治《とうじ》して奇跡的に動けるまでに回復していた。

晋作はこの折に俊輔と聞多の三人で打ち合わせて長州から離れることにした。俊輔は対馬から朝鮮へ、聞多は九州北部を転々と移り住んだ。

表向きは狂信的な攘夷派の刺客から身を隠すと称して、おうのを連れて逃避行する決心をした。

晋作は四国の金比羅さん付近の賭場を仕切っている大親分日柳燕石《くさなぎえんせき》の庇護を頼って長州を離れた。六五年十月十六日のことだった。燕石とは五〇年に出会って意気投合する仲だった。
下関から堺経由で道後温泉に入ると、女遊びがすぎて勘当された道楽息子と称して、おうのを連れて三味線片手に歌い踊っては三カ月近くを遊び呆けた。
この道後温泉での遊びの中心となっている音曲は金毘羅船々である。
金毘羅船々
追い手に帆掛けて
シュラシュシュシュ
まわれば四国は讃州那珂の郡
象頭山金毘羅大権現
（一度まわれば）
金比羅詣での船はどれも全国各地からの客人で賑わっていた。当時「お伊勢さんと金比羅さん」と並び称された伊勢神宮参りと道後温泉に入浴しては金比羅詣でをすることが全国の富裕層の贅沢の一つとされ、大百姓を中心とした金満家達がこぞってこの二カ所の観光地に押しかけていた。特に稲刈りが終わった時期は全国各地の百姓が農作業で痛めた腰を直すと称して道後温泉に押しかけ、一カ月の長逗留する者も多かった。

時折秋風がひんやりした風を運んでくる中を晋作はおうのと二人で下関の竹崎（今のJR下関駅の西側の海沿いにある地区）にある白石正一郎邸の浜門側の波止場から堺大坂方面行きの内航船に乗った。

晋作は武士の装いを改めて谷と称する豪農の道楽息子に扮し、妾を連れて金比羅詣でをする。その為に月代《さかやき》を隠した総髪姿にして浴衣を粋に着こなしていた。

おうのも名をお梅と称し谷の愛妾として金比羅詣でに出かけた。

お梅ことおうのは船に乗ったときからウキウキとはしゃいでいた。谷こと晋作は元来船に酔う質《たち》だが、瀬戸内航路という内海を航海する為船酔いは忘れられた。

船の積荷は下関で積み込んだ長州米と長州塩が主で乗船客は長州の商人が数人乗っていた。商人以外は谷とお梅の二人連れと飛猿と桔梗が扮する一組の夫婦の合計四人だけだった。

飛猿と桔梗は晋作とおうのが下関で東行庵を借りて同棲し始めた時から上総が警護に付けた忍びの者でこの船旅ではどちらも金満な三十五歳位の駆け落ち風情を装っていた。船に乗り込んで一時間もすると潮の流れが速い関門海峡を抜け、船は波静かな瀬戸内海に入った。

谷とお梅には船頭の部屋の隣の特別部屋があてがわれていて、他の乗船客とは離れて船旅を楽しむことが出来るよう正一郎から配慮されていた。船室の扉を開け放って外の空気を取り入れながら三味線を弾き語りして谷はお梅を楽しませる。

船は五日で下関から堺に到着するが途中でお梅と谷がそれぞれあれが見たいと叫んだ場所があった。お梅が見たいのは、宮島沖を通過するとき海に立つと言われる鳥居だった。船からは姿が見えなかったから、正面で見てみたいと思ったのだった。

谷は堺近くの幕府海軍練習所を遠くから眺めながら近づいて幕府の軍艦を具《つぶさ》に視察したいと船長に申し出た。船長は幕府から怒られないギリギリ近くまで船を近づけたが谷は不満だった。軍艦に積んである大砲の大きさや数が分からないからだった。

船長は「後日工夫して近くから見られるよう段取りします」と答えて堺港に入港した。谷もお梅も堺には興味がなくそこから大坂に行ってその賑わいを体中で満喫したかったが船が堺に三泊すると聞かされると谷はすぐさま堺から金比羅詣でに行く船に乗り換えて四国の讃岐に行くことに予定変更した。

谷もお梅も単調な船旅の長さに飽き飽きしていたのだった。

堺から道後温泉近くの港に行く船には三十人が乗り合わせたが晋作とおうのにくっつくようにして三人が同時に乗船した。村上水軍の太吉と卯吉、そして五十絡みの銀蠅だった。

太吉と卯吉は密かに神戸の幕府海軍所に入って、幕府軍艦をごく近くから視察し搭載している大砲や軍艦の弱点を探ってきていた。これは村上水軍頭領が命じて予め調べさせていたものだった。

銀蠅は全国から流れ込んでくるお尋ね者捜査の為に幕府が派遣した岡っ引きで江戸の町人の格好をして旅人を装っていた。

この五人を乗せた船は昼過ぎに道後温泉の入り口の港町多度津に到着した。多度津の桟橋付近には道後温泉の宿から派遣された男女一〇〇人もの客引きが待ち受けていて、目ざとく金払いのいい乗客を一本釣りしようと金比羅詣での客を奪い合っていた。

谷は客引きが言う中で一番高い値段の宿屋を選び、部屋は二階の一番豪華な部屋を指定した。晋作流にお梅を喜ばしたい一心の宿と部屋選びだった。

飛猿と桔梗と銀蝿は谷とお梅と同じ宿を指定し、飛猿と桔梗は谷とお梅の部屋の隣を指定した。銀蝿は大部屋で二組の男女連れとは離れた部屋に泊まることになった。

谷とお梅は宿に着いて泥で汚れた足を洗って二階の部屋に入った。

部屋に備えられている小さな家族風呂で汗だけ落として衣服を着替え、宿の大浴場には入らなかった。宿の他の客が一斉に押しかけてごった返していると思ったからだ。ひと月以上滞在してゆっくり温泉を楽しもうと思っている二人は明け方の誰もいない大浴場を貸し切りで楽しもうと思い早めの夕食を注文した。

夕食は瀬戸内多度津名物の海の幸が豪華に盛り付けられた膳だった。若鶏級の旨さといわれる脂がのった中くらいの大きさの鯛の活作りが中心の料理だった。そして蛸の湯引きが脇役として添えられていた。瀬戸内の蛸は波穏やかなせいで肉が軟らかく関門海峡のシコシコした腰の強い蛸よりも美味しいという人も多かった。

宿の主人が出てきて谷に丁寧に頭を下げて挨拶する。

「これは燕石様からの差し入れでございます。ご賞味いただきたく」

谷は燕石がここまで気配りしていることに驚きながらもお梅の手前宿の主人には鷹揚に有り難いと返事した。

お梅は大酒を飲むことと美食が好きで三味線は酒の酔いに任せて遊ぶ余技と心得ている芸伎で谷にこんなご馳走を提供してくれた燕石さまとはどなたですとも聞かず幸せ一杯の顔をして美味そうに料理を食べている。長旅で腹が余程空いていたせいもあったのだろう。

ご馳走を平らげたお梅は三味線を弾き始めた。得意の金毘羅船々だった。

谷もつられて三味線を奏でて酒の入った美声で二人して弾き語りした。

二度歌い終えて谷が「大風呂に行こう」と言うと、お梅も「行こう行こう」と乗ってきた。二人は手ぬぐいを右手に部屋を出て大浴場に降りていった。谷は三味線を左手に携えて。

大浴場は宴の後のように静かで誰もいないようだった。男女混浴の湯殿で宿の建物の濡れ縁に沿って横に長く作られている。

谷は勝手知ったようにパッと浴衣を脱いで三味線片手にザブザブとお湯に入っていき何やら歌い始めた。お梅はとっくりに入れた酒とぐい飲みの猪口《ちょこ》を下げて谷の後を追う。谷が酒を含んで歌い始めた。「三千世界の鴉を殺し主と朝寝がしてみたい」。踊りのお囃子のようなテンポの速い二拍子の曲である。谷がなんとか曲になったと思ったとき湯殿の奥の方から「お上手ですな」と声が掛かった。よく通るハッキリとした江戸弁だった。

お梅がぎょっとした顔で谷の顔を見た。谷はとっさに聞こえないふりをして酒をまた口に含んで弾き語りを続けた。

お梅に銀蝿が近づいてくる気配を感じた瞬間、窓側の場所から桔梗が立ち上がって出口に向かった。お梅がその後を追うように出口に向かい、谷も引きずられるようにして湯船から上がった。雨は降っていないが気温が下がっているのか、湯殿の外には濃い霧が立ちこめていた。

二人はそのまま階段を上がり部屋に戻った。

二人が部屋に入るや隣の部屋から飛猿が声を掛けてきた。谷は部屋にお梅を残したまま隣の部屋に入っていき飛猿と桔梗から報告を受けた。桔梗からは銀蝿が江戸で評判の目明かしであること、谷が目を付けられて狙われていること、飛猿からは幕府で第二次長州征伐を敢行すると将軍家茂が息巻いているとの報告があった。

谷は幕府がどう長州藩を攻めてくるかその戦略の要を見極めることに専心した。やはり彦島を占拠して関門海峡を支配することだと思えた。九州側は小笠原藩領なので中国側を全て支配すれば完全に関門海峡は幕府領に出来る。北前航路の最も重要な要を支配出来る。

谷は頭の中で幕府側の戦略目標を再確認した。

ではどういう道筋で彦島に至るのか。そして彦島攻略はどう展開するのか。彦島近くには白石正一郎の運送業が拠点を置いているがこれはどう幕府側として取り込むのか。疑問が次々と浮かんできたが谷はこうした作戦はここに二カ月も逗留するのだからゆっくりと楽しみながら考えよう。そう思ってこの日は終わりにした。

こうして温泉宿泊の初日が終わった。

翌日谷は目覚めるとその足で男湯と書かれたのれんがぶら下がっている脱衣場で浴衣を脱ぎ湯船に浸かり寝ぼけた自分が目覚めるのを待った。そして湯殿に上がって顔を洗った。

谷は日常から離れた時間を楽しんでいる自分に満足し、また温かめの湯船に浸かり目を瞑った。時間がゆったりと流れていた。

二日目は金比羅詣でへとしけ込もうかと谷が一人で呟いているとお梅がやって来て「早く金比羅さんに連れてって」とせがんだ。

「よし、そうしよう」谷は応えて象頭山《ぞうずさん》の天辺にある金毘羅権現のご本尊にお参りすることにした。

二人は部屋に運ばれてきたご馳走をサッサと平らげて草履を新調して頭を手拭いで覆った山登り姿に着替えて宿を出発した。通りのあちこちから早朝のお参りに出かける人が次々と参道に向かって動き出し、まるで祭りの人だかりのような一団がいくつも出来上がっていった。祭りの日と違うのは子供の声がしないことだけだった。祭りの日は子供が主役で親は子供を喜ばす為にお金をはたくが、金比羅さん詣では初老にさしかかった年輩客が多く亭主が日頃から世話になっている女房を慰労する光景があちこちで見られた。どの連れ合いも若い頃の恋愛気分を思い出したような顔つきに戻って互いを褒め合っている。谷とお梅も負けじと恥ずかしげもなく互いを最大級の褒め言葉で持ち上げ合っていた。桔梗が五メートルほど距離を置いて目立たない素振りで警護しながら付いて歩いている。

金比羅詣での階段の途中には何カ所か茶店があり、土産物を買いながらお茶を飲み休憩出来るようになっていた。お梅が谷の袖を強く引いてここに寄ろうと言ったので二人は階段を上り始めて最初にある茶店に立ち寄った。

お梅が童女に返った顔をして嬉しそうに谷に言う。

「うちは父ちゃんと母ちゃんから金比羅さん参りのお土産を貰って、その豪華さと美しさに感動して今もそれを宝物にしちょるほ。魚屋の商売をやってた父ちゃんもそれを手伝ってた母ちゃんも亡くなってうちも芸伎になって、うちが育った昔の家もなくなって……。親の名残は今ではうちの手垢で汚れたそのお土産しか残っていないけど、うちの宝物なの。それがこれ」

両面に玉が付いていて指で太鼓の棒を回すとトントンと音が出る小さな太鼓のおもちゃで太鼓を包んでいる赤や金色の飾りも綺麗だった。お梅は両親からおもちゃを貰った幼子に返って嬉しそうな顔をして谷を見上げていた。

谷は武家育ちだから両親が金比羅さん詣でをしたことはなく金比羅さんで売られているおもちゃも貰ったことがないがお梅を連れて金比羅さんに来てよかったと思った。

桔梗が谷に寄ってきた。「ここで暫くじっと目立たないようにしていてください。銀蠅とその連れがお尋ね者がいないか巡視して回っていますから。すぐにこの茶店にも入ってくると思われますので」

桔梗は谷だけに聞こえる小さな声で囁いた後、二人と距離を置いて茶店の腰掛けに座った。桔梗は商売人の女房の出で立ちだった。この場は銀蠅と目を合わすことなくやり過ごせたがこの夜桔梗が部屋に入ってきて谷にこっそり呟いた。

「今晩からここでご一緒させてください。飛猿が大坂と堺に行くと言って出ていったものですから」と。

「どうぞどうぞ」と谷は答えて宿に部屋の変更を申し出た。宿の者は心得ていて「承知いたしました」と答えて隣の飛猿と桔梗がいた部屋を片付けて二人の部屋に女物の布団を運んできた。

逗留がひと月も経った頃、宿の大広間で毎晩催される夜の金比羅踊りの輪の中で揉め事が起こった。気の弱そうな農民が因縁をつけられ、女房にちょっかいを出されたのだ。

絡んだ男は金蝿という地元の岡っ引きだったから、女房が助けを求めても地元の者は見て見ぬふりをしている。そこで谷が男気を出した。

「お客さま。まあ勘弁してやってくださいな。何があったか存じませんがこの夫婦も一年の米作りの苦労で痛んだ体を労りにはるばる遠方からここ金比羅さんまでいらしたのだから」。谷はそう言って懐から一朱銀を取り出し金蝿に差し出した。

金蝿は谷の助太刀に驚きながらも、素早く一朱銀を懐に入れて「しゃあねえな」と絡むのをやめた。

そして、谷に向かって「ところで、踊りの輪の中で近頃よく見かける顔だが、お兄さんはどこからいらした」と聞いてきた。

谷はとっさに「安芸でござんす」と答えた。安芸は谷の先祖の発祥の地で子供の頃からよく話を聞かされた土地だった。

「どんな土地でぇ」と聞く金蝿に谷が答える。

「そりぁええ所でして。稲の実りはこの讃州さまには及びませんが。土と水を可愛がってやればチャンと応えて稲の実を付けてくれる土地でして」

谷は如才を発揮して当たり障りなく応じたが、金蝿はここまでのやりとりで谷の何かが違和感を生んだようで手を懐に突っ込んで一朱銀を確かめながら目を光らせてこう言った。「おまえさん大した商売人やな」

傍で見ていたお梅が谷の袖を引っ張って、二人はこの場を退散した。絡まれた気の弱い夫婦も二人の後ろに隠れるようにして座を去った。

谷、お梅の二人は三日に一度は金比羅さん詣でをした。あとの二日間は宿の湯に浸りながら宿が供する上げ膳据え膳の贅沢三昧をして過ごした。

桔梗は夜寝るときだけ部屋に帰ってきて、後はどこに行くのか何も告げずに出ていった。しかし、谷にだけは朝出かける前に前日集めた情報をこっそりと報告していて、桔梗は下関の白石正一郎からの情報を毎日繋いでいた。

一方、飛猿は第二次長州征伐の幕府動向を確かめようと大坂や堺や必要に応じて京まで出向いて根来情報網の最新情報を仕入れていた。一カ月後に宿に戻ると、大阪城に出向いている家茂はやはり長州征伐を断行するようだと谷に報告した。

お梅と谷は飛猿と一緒に堺見物に出かけその二日目に神戸から瀬戸内名物の鯛釣りに小さい漁船を借りて出かけた。鯛は面白いほど簡単に釣れた。魚影が濃いせいだろうが三人と漁師の四人で十匹が釣れ、ついでにという風情で埠頭に繋いである幕府軍艦に近づいていった。

小さな釣り船から仰ぎ見ると、西洋で造船された軍艦は分厚い鉄のお椀でどこにも弱点はないように見受けられた。

晋作が叫んだ。「舵だ。プロペラだ。そこが唯一の弱点の筈だ」

釣り船の小さな船は船尾に回った。船尾は複雑な構造になっており、その分どこかに弱点が潜んでいるような感じが漂っていた。

その時大きな声がして「不審者め。こっちに来い」と呼ばれた。釣り船の船頭が答えた。

「またご迷惑かけちまって申し訳ございません。いつもの鯛釣りでついつい入り込んでしまいまして」

船頭はそう言いながら懸命にその場を離れ始めた。実は、船頭は太吉が務めていた。太吉は普段は三田尻で漁師の真似事をしながら生計を立てており、娘が神戸近くに嫁に来ていることもあって、年に何回かは神戸近くの船宿で鯛釣りをしながら遊んでいた。

金比羅詣でで道後温泉に滞留して二カ月間が過ぎた頃。谷は三味線を弾きながら金比羅踊りのお囃子を歌い、お梅はその後ろに付き従いながら見物客の最前列にいる者を引き込んだ。二人は楽しそうに踊り三味線を上手に弾きながら、酔いしれた体で輪の先頭に立って引っ張っている。谷は岡っ引きの銀蝿と金蝿を横目で見ながら益々酔いしれた振りで踊りを先導した。

晋作は飛猿から得た江戸の将軍家茂が再び大坂城に来るという情報の信憑性と、それに連動して起こる第二次長州征伐について考えた。幕長戦争が間近で避けがたいものと見えた時、将軍家茂の長州戦略を見抜き、その弱点を発見してこの戦争に完勝する大目標を設定した。第一次長州征伐と第二次長州征伐の違いを見極めることから始め、その為に将軍家茂の長州戦略の透視を試みた。

晋作は飛猿に聞いた。

「俺は将軍家茂を何も知らない。だから教えてくれ」

何故家茂は長州藩を潰そうと考えているのか？　家茂の強みと弱点は何か？

「下関に帰って上総様にお聞きしてお答えします」

飛猿はそう言い残して一路下関に向かった。

三日後の夕刻に飛猿が帰ってきて晋作に伝えた。

「上総様は幕府中央の事情にも詳しく、こうお答えされました。将軍家茂は自分の存在感を高めて日本国の中心の存在としての徳川将軍になろうとしています。将軍家茂は晋作さまより七歳年下で、紀州藩主から十三歳の若さで将軍になれたのは松蔭先生が処刑された安政の大獄の首謀者である大老井伊直弼に推されたからであり、その意味で井伊直弼路線は正しかったと考えている節が見受けられるようです」

井伊直弼が桜田門外で水戸浪士らに殺害された原因は、幕府が孝明天皇の勅許《ちょっきょ》を得ないまま日本の開国を決めたこととされているが、実のところは家茂が自分の正妻は孝明天皇の妹である和宮であり、自分は孝明天皇のお考えを最もよく知る立場にあり、孝明天皇が考えておられる攘夷実現を図ってゆきたいと身勝手に思っていた節がある。

第一次長州征伐は中途半端に終結した。幕府が勝利したものの長州藩は依然存続しており、関門海峡も瀬戸内海沿いの長州藩の米処や塩田は今も長州藩を潤しておりわずかなりとも幕府側の力で強まったものは何もない。だから将軍家茂の意向に逆らえば長州藩最大の金蔓である関門海峡の長州藩側の領土を取り上げて天領にして、赤間関越荷方を幕府機関とすることで長州藩の富を奪うと共に北前航路を利用している諸国に対して幕府の支配力を誇示する必要がある。

「将軍家茂はそう考えている節が見受けられると上総様は仰いました。その上で晋作殿に至急下関へ帰ってこられるようお願いせよと命じられました」

晋作は質問を続けた。

「家茂の完勝の理由は何じゃ。何を根拠に幕軍が完勝出来ると思っているのじゃ？」

飛猿は、待ってましたとばかりに即答した。

「それは幕府直轄軍の仏式に近代化された軍事力です。海軍では一〇〇〇トンの富士山丸。陸軍では仏式に訓練された一〇〇〇名の兵です。この陸軍は一人一人全員が最新式の銃を持ち、散兵戦《せんぺいせん》に長けております。少なくとも長州藩の奇兵隊に劣らない軍隊です。将軍家茂はこれを根拠に長州藩を木っ端みじんに潰せると踏んでいるようです」

晋作の顔は闘志をメラメラと掻き立てられたように真っ赤になっていた。飛猿を前にして座ったまま目を一メートル前の畳の合わせ目に置いたまま動こうとしなかった。

十分後、晋作はいきなり大声でおうのを呼んだ。

「おうの。ここを引き上げる準備をしろ。今晩の踊りの輪から踊りながら抜け出して船で下関に帰るから」これが晋作の魂胆だった。

あいよ、とおうのが即答する。

「飛猿。船の手配が出来たら知らせてくれ」

「承知いたしました」飛猿が答える。

晋作がこの時思い付いた完勝策は、戦はいつも息をしている、だからこの点に着目して敵の裏をかくという一点だけだった。晋作はこの一点を確認するだけで幕府軍に勝った気になっていた。

この絶好の潮時は、将軍家茂が大坂城に出張ってきて第二次長州征伐を陣頭指揮するという飛猿からの情報で晋作が完勝策を最初に考え始めた時と一致した。

晋作は三味線を鳴らしながら金比羅踊りの輪の中からおうのを連れて飛び出し、燕石の息の掛かった船と白石正一郎手配の船を乗り継いで安芸の宮島に詣で、その後小倉に上陸して下関の東行庵に帰った。

小倉ではおうのの好みに引きずられて物見遊山をして、小倉名物で腹拵えしながら店の仲居や主から小笠原藩主の評判などをさりげなく聞いた。小倉で売られている食い物はどこか権柄《けんぺい》ずくでお高く留まっており、下関や萩のような素朴さは少ないように晋作には感じられた。

また小笠原藩主は城下で慕われている存在ではないことが伝わってきた。晋作は小笠原藩主は只単に生まれと育ちだけで殿様役を演じている若者、世間によくある世襲の飾り物と同じと見受けられた。

それに引き換え、と晋作は思った。我が長州藩主敬親公は関ヶ原以来二五〇年の長州藩のしがらみを一身に背負って、それに潰されないよう必死で耐えていると思い同情もした。

晋作は二カ月余りのおうのとの金比羅詣でで、おうのとの阿吽の呼吸が益々板に付いた。その分お雅との距離は余計に遠くなっていた。

一方四国で世話になった日柳燕石は一八六六年一月に逃げることなく幕府筋に我が身を差し出し四カ月間拘束された。幕府官憲から問い詰められ官憲に捕われた燕石は晋作の全ての尻拭いをした。根来上総や白石正一郎のみならず博打打ちの大親分日柳燕石にまで惚れ抜かれた晋作だった。

幕府軍に完勝

東行庵に帰り着いた晋作は、家に入るやおうのに俊輔を呼べと叫んだ。「あいよ」。おうのは金比羅行きで益々打てば響くように反応するようになった。

おうのが奇兵隊駐屯地の門番に俊輔の居場所を聞くと、門番はすぐに開闢隊長の下に駆けつけさせますと言って自分から駆け出していった。俊輔は奇兵隊の宿舎の中に自分の寝る場所を得ており、そこで井上聞多と世の諸般の情勢について雑談を交わしていた。

こういった雑談は耳年増俊輔の情報収集方法であり、聞多は有力な情報提供者だった。英国への密留学の話もこうした雑談の中から聞いた。俊輔はこの話を聞くとすぐに周布政之介に働き掛けて自分も加えてもらい、当初四人の若者を留学させる計画を五人に変更してもらって長州ファイブとなった。

守衛から晋作の帰国を知った俊輔は聞多に一緒に駆けつけようと言って、席を立った。俊輔は聞多と共に、奇兵隊入り口で待っていたおうのに付いて東行庵へと急ぎ足で駆けつけた。

この間晋作は久しぶりの東行庵で畳に横になって軽く仮眠を取っていた。晋作の頭は幕府の致命的な弱点探しに集中していた。そして目が覚めた時に見つかった。

幕府軍で長州軍に比べて圧倒的に強いのは一〇〇〇トンの富士山丸と仏軍に仕込まれた幕府直轄の一〇〇〇名の陸軍だ。この二つを完全に封じ込めることが出来れば長州が完勝出来る。停泊中のエンジン停止時間帯にこちらが仕掛ければ巨大軍艦の富士山丸は反応不可能な鉄の塊にすぎない――ならば、例えば夜に攻撃を仕掛けよう。

一方、仏仕込みの幕府直轄軍は幕長戦争に参加させせない策を講じて力が発揮出来ないようにしたい。ならば、京の治安維持の為に京から離れられない策を考えよう。

また長州奇兵隊の銃や大砲については仏式の幕府軍に劣らない最新式銃や大砲を必要な数だけ弾薬と共に至急準備する。長州藩の軍艦についても同様だ。

晋作はここで海援隊の坂本龍馬を思い出し至急下関に来るよう俊輔や聞多に命じて手配した。

「晋作様」元気のいい大声が聞こえて俊輔と聞多が東行庵に入ってきた。

晋作はガバッと起き上がり床柱を背にして座って、いきなり本論を語り始めた。

讃岐で楓と飛猿から得た上総情報で、家茂が二次長州征伐を敢行したがっていること、薩摩がそれを止めようとしていることを晋作は聞かされていた。敢行される場合は一次征伐で周布政之介が恐れた薩摩は京の都守護の為に出陣しないが、一次長州征伐と同じ安芸口、大島口、益田浜田口、小倉口の四境が戦場となり、小倉藩主小笠原が将軍家茂に次ぐ副将となる陣立てになるという。

晋作はこの間龍馬と密かに二度目の会談を白石邸で持ち、難題の緊急解決策について龍馬の知恵を求めていた。難題とは、

一、幕府の仏式に仕込まれた五〇〇名の陸軍を幕長戦争に派遣させないこと

二、長州が四三〇〇挺のミニエ銃を至急購入出来ること

三、海援隊が持つ蒸気式軍艦で最大のものを長州に売ること

この三点だった。

「薩長同盟の密約で全て解決出来ます」龍馬は快諾した。

こうして一八六六年一月二十一日に薩長同盟成立が実現し、晋作の緊急難題が解決され長州藩が幕府軍に完勝する準備が整った。萩の上総から薩長同盟が成立しミニエ銃四三〇〇挺が、英国から薩摩経由で夏には買えることが知らされた。

一八六六年六月七日。将軍家茂は薩摩の抵抗を押しのけて大坂城に出張り、西国諸国に第二次長州征伐の号令を掛けた。

晋作は大村と作戦会議を開いて木戸と上総に同席してもらい、幕府軍を完敗させる作

戦に協力してもらうことが急務だと考え、俊輔に萩まで木戸に会いに行くよう命じた。俊輔は畏まりましたと答えて「聞多に馬で萩まで急行させて、大村の動員を伝えてもらいます」と答えた。

俊輔と聞多が東行庵を出た後、晋作はまた一人横になって周防大島口と小倉口を自分が陣頭指揮すると決めて、実現の為の秘策を懸命に考え続けていた。

晋作は幕府軍側の決定的な弱点と、それを反映することになる初動の陣立てを推測しようとした。絵堂太田の決戦で長州藩の正規軍が見せた弱点を思い起こす——。

そうだ。長州藩の正規軍が実践上で想定外の弱さを暴露した原因は、集団戦闘訓練を全く受けておらず戦闘場面で集団として統制されていなかった為だ。奇兵隊側から狙撃されて死んだり重傷を負う者が出たりすると互いに身を寄せ合って塊となった。これは狙撃する奇兵隊側からは、狙撃目標をわざわざ敵が作ってくれたことを意味した。奇兵隊側はこの塊の敵に向かって頭上から狙撃すれば簡単に沢山の敵兵を倒すことが出来た。

またこの折の敵には集団を指揮命令する司令塔が不在だったので最後の一人まで狙撃

出来た。

幕府軍側はその時の長州正規軍と同じだ。

晋作は銃や大砲で幕府軍側に比べて格段に勝っているのに加えて、集団戦で根本的な切り札を持っていることを明白に自覚し長州側の完勝を初めて確信した。

続いて晋作は幕府軍側の初動について推測した。

今神戸にいる富士山丸がどこに現われるかが最大の鍵になると思い至って、果たして緒戦から小倉沖に現れて関門海峡完全制覇の大博打に出てくるか。それを肚の底から見極めようとした。

沈思黙考の時間だけが流れていった。

小倉沖には来ない。これが晋作が出した答えだった。

理由は単純だった。幕府軍側にはこの作戦を決定出来る指揮命令系統がなく、実質的な指揮官がいないからだ。

幕府軍の最高戦闘指揮者は将軍家茂だが、この者は戦闘経験が皆無で戦闘指揮官としての訓練も受けていない。また幕府軍側に参加している諸藩の指揮命令者も身分や家柄を優先する関ヶ原時代の形式で兵を動員しているだけだ。つまり幕府軍側の軍事組織は先頭集団の組織になっておらず烏合の衆だ。

晋作は、そんな軍組織にリスクを冒して初動作戦を決める力はないと踏んだ。

聞多と俊輔が帰ってきた。二日後早朝に上総を訪ねてきてくれという返事だった。木戸と大村を招いておくとの伝言だった。

晋作は木戸に「大村との作戦会議を開いて二人の分担を決め、戦場予定地を事前に視察することが決定的に重要だ」と訴えた。

おうのと讃岐を抜け出て下関の東行庵に帰った晋作は、大村との作戦会議について木戸の快諾を得ると、すぐに指定場所の萩の隠れ家に直行した。そこには木戸と大村と一緒に根来上総が待っていた。晋作はこの場で幕長戦争を完勝する為のそれぞれの考え方の摺り合わせを主導した。

晋作は三日間は隠れ家で上総や大村らと倒幕の情報収集と分析をして倒幕完勝の秘策

を練った。親藩である益田藩に接する浜田益田口での戦場予定地も大村と下見した。

下関では東行庵でおうのとの同居生活に戻り、ここを拠点にして周防大島や安芸の戦場予定地を見た。幕府軍の前線司令部となる親藩の小倉藩については小倉藩の沿海や小倉城の周辺を下見し、小倉城を外から見て城内の配置特に藩主小笠原の居所や弾薬庫の所在地がどこかについて調べた。

晋作は自分のイメージが出来ると大村や有朋、上総を呼び、現場を案内しながら一緒になって秘策をトコトンまで練り上げた。

幕府と薩摩藩やグラバー商会からの銃と大砲と弾丸の購入については、木戸が引き続いて藩を代表する窓口となり、晋作や大村と情報を共有した。晋作は長州藩の中での陸戦は大村が参謀を務める奇兵隊に任せて、海戦が予想される周防大島口での決戦と幕長戦争の天王山となる小倉口での決戦を陣頭指揮することにした。

晋作が提案したこの会合は木戸が進行役で上総が書記役で始まったが、わずか三十分で終わった。

木戸が開口一番いつものように意地悪く問う。

「この戦、負けることはないか？」

大村が律儀に顔を真っ赤にして即答する。

「圧勝する」

晋作がすかさず言う。

「完勝する」

追いかけるように晋作が聞く。

「大村殿、圧勝の訳は？」

大村が即答する。

「銃と大砲が幕府軍より質も量も格段に勝っているからです」

晋作が大きく頷く。

「ならば大村殿は陸戦を指揮し安芸口と益田浜田口で完勝されよ。わしは大島口と小倉口で完勝する」

上総が控えめに二人の対話に同意する。

それを確かめた木戸がニッコリと笑みを浮かべて大きく頷いた。

晋作が上総に向かって横須賀の幕府海軍拠点にいる巨大な幕府軍艦と四境に当たる安芸、益田、浜田、小倉の親藩の幕府への加勢動向について逐次諜報内容を知らされよと言った。家老の上総に命令調で言う晋作に、上総は仰せの通りにすると応じた。

上総は横須賀にくノ一の桔梗を料亭への住み込みで十年近く配置しており、幕府とその関連動向を探っていると打ち明けた。この場では言わなかったが、奇兵隊には同じく身内の疾風を配置しており、疾風は今では有朋の信頼高い側近になっていた。

晋作はこの秘密会談で初めて大村と直に対面し、大村の見解を知り高く評価した。幕府軍との決戦で勝敗を決めるのは兵器の威力と数だという大村の見識は、晋作が諸手《もろて》を挙げて賛同するものだった。

この会談以降、晋作は大村のことを人から聞かれると、あの火吹き達磨と呼ぶようになった。顔を真っ赤にして即答しデンと座って動じない。達磨を思わせる大村の風貌をもじって付けたあだ名だった。

清国の阿片戦争後四半世紀を経た後、この日本での内戦は幕府側からは第二次長州征伐と呼ばれ、将軍家茂が強引に主導した長州藩懲罰戦争だった。

十一代将軍家斉《いえなり》の時から島津藩主島津重豪《しげひで》は家斉に近づき、重豪の孫斉彬《なりあきら》は姪を藩主の幼女とした上で十三代将軍家慶の正妻としたり、近代化の軍備や産業を薩摩で導入してその成果を将軍に紹介したりして、将軍家が必要とする西洋文明の全てを薩摩藩主が実践して将軍に報告していた。

当時の薩摩藩は島津久光の息子忠義が藩主で久光がその後見人として藩政を取り仕切った。久光の筆頭参謀が大久保利通で、大久保利通の最大の仲間が西郷吉之助だった。

この二人は、禁門の変で長州藩が朝廷に弓を引いたという許されない罪は、長州藩が責任者として四名の家老を切腹させその首を持って詫びを入れてきたことで決着済みと主張したのに対して、安政の大獄の首謀者である大老井伊直弼の手で若くして十三代将軍となった家茂はそれでも不十分だと言って、仏の助言なども参考にして軍事力で長州藩を完敗させた。そして長州藩の瀬戸内沿いを奪い、関門海峡は幕府直轄地の天領とし、それ以外は取り上げて他藩に割譲するなどの構想を持って強力に第二次長州征伐を断行しようとした。

この年、十四代将軍徳川家茂は晋作より七歳若い二十一歳。孝明天皇の妹・和宮を正妻に迎え、公武合体の象徴として幕府立て直しの指揮を執る覚悟のようである。晋作は敵将を具体的に初めて見た思いがし、闘志は燃え盛り続けた。

晋作は今一度長州割拠論を唱えた頃に想像した長州を巡る経済社会活動の激変を思い出し、関門海峡を幹線とする大坂や江戸や米産地諸国の激変ぶりを見据えた。少なくとも将軍家茂の手でそれをさせては、長州は清国の香港島と同じく既存の経済的社会的秩序が破壊され尽くされる、改めてそう見極めた。

では将軍家茂は本当に緒戦目標として関門海峡撃破を設定するのか。

晋作の見立てはやはり否だった。関門海峡撃破は長州征伐の天王山だから、戦の本性を知らない家茂には出来ないだろう。長州藩が鉄壁の守りで固めている所にいきなり富士山丸を先頭に奇襲攻撃を掛けるとしても、幕府軍側の無傷はあり得ない。もし富士山丸が大傷を負うことがあれば、それだけで幕府軍側は致命的に戦意を失い総崩れになる危険がある。家茂はそう考える可能性が高い。

しかも関門海峡の西端に位置する彦島を瀬戸内側から一〇〇〇トンの富士山丸が占拠することは出来ない。彦島と本州の最も狭い箇所は数百メートルしかなく通過出来ないからだ。富士山丸は神戸から周防大島を拠点にして北前船の航路を支配し長州占拠の仕上げとして彦島に上陸すると踏んだ。

晋作が白石正一郎を連れて二度目の彦島視察をしている時に早馬が来た。

幕府軍艦の富士山丸とその僚艦二艘が周防大島を艦砲射撃し大島に上陸して民家を焼く等の狼藉を働いたという第一報だった。

晋作はその場で早馬に飛び乗り大島に向かって駆け出した。従者は白石邸で馬を仕入れて追随した奇兵隊の岡野一人である。

山口の藩庁では、この知らせがあった時に政務役首座の山田老人が「晋作にだけはこの知らせを伝えるな」と命じたがその時には既に晋作は大島に向かって馬を駆っているところだった。この山田老人は吉田松陰が存命中に最も尊敬していた長州人の一人であり、当時からバランス感覚に優れていた長州藩の元老のような人物である。

下関から三時間で三田尻に着くやいなや晋作は丙寅丸に乗り込み大島まで急行せよと命じた。陽は既に暮れかかっていた。

馬を駆けさせながらも幕府の弱点発見と完璧な攻略方法発見の晋作の考察は続いた。

一つは幕府が圧倒的に優位に立つ巨大動力軍艦を全て戦いに参加させることなく長州領内の海域から駆逐すること。

二つはこの戦争の副将を務める小倉藩主小笠原を小倉城から追い出すこと。

この二つとも出来た時、幕府軍の完敗が世間周知のこととなる。

六六年六月七日、幕長戦争は幕府軍艦による上関への艦砲射撃から始まった。八日には伊予松山藩軍が大島に上陸し、民家を焼くなどの狼藉を加えた。

この第一報を正一郎から聞いた晋作はこの戦は長州が勝ったと直感した。他藩の侵入者が勝手に長州藩内に入り込んで藩民の財産を断りもなく焼くなど、幕府側は住民に大義なき戦いを強いているからだ。

晋作は俊輔に命じて村上水軍頭目と奇兵隊の関係者を招集した。こうした大義なき戦を強いてきた幕府軍に完勝する為の知恵を求めて、三田尻の村上水軍の頭領ら海の専門家に来てもらい自分の考えを披露した上で助言を求めた。

村上水軍頭領が自分の考えを述べた。

晋作の作戦通り、未明の薄暗い海に村上水軍の潜水士が潜って錨を掘り起こす。すると、巨大軍艦は漂流し始めるだろう。軍艦当直の夜の見張り役がそれに気が付き、海流でたまたま錨が外れたと思って軍艦上の錨を投げ込んだ場所まで行き、投げ込んだ碇を入れ直そうとする。

「その時が総攻撃開始です。その当直を狙撃するのです」

晋作は「よし！　よく分かった」と言った。「後はわしが突っ込め！と大声で叫ぼう」

「それぞれは今語られたことを自分の判断でわしの指示を待つことなく実行せよ。わしの考えは一つだけ。攻撃者の動き方攻め方として敵が準備が何も出来ていないときに先制攻撃を開始して敵に反撃準備をさせない状況を作り続けて敵を圧倒して勝つというやり方、これだけじゃ」

これが大島沖で幕府軍艦の全てを遁走させる晋作流の作戦だった。

九日大島の北側を砲撃し、十一日には富士山丸の艦砲射撃後に幕府陸軍が大島に上陸。長州は十日、晋作に丙寅丸九十四トンに乗って大島へ向かうよう命じた。

この藩の命令を受けて、晋作は事前打ち合わせした村上水軍や奇兵隊の幹部らを率いて三田尻から丙寅丸に乗り込み周防大島に急行した。勿論村上水軍の沢山の小船も動員した。

十二日未明のことである。

「高杉晋作じゃ！」晋作は丙寅丸の指揮所に仁王立ちして大音声で叫んだ。

「攻めろ！」晋作は続けて叫ぶ。

丙寅丸は二艘の幕府軍艦の後尾にある舵を狙って砲撃した。

そして一〇〇艘の小船が一斉に灯りをつけて当直を狙撃する。

一〇〇〇トンという最大巨艦の富士山丸は既に周防大島を離れて現場にはいなかったが三〇〇トンの八雲丸と翔鶴丸の幕府軍艦二艦は泡を喰った。

結局幕府軍艦は周防大島から全船遁走していなくなった。

一方、周防大島に上陸して民家を焼くなど狼藉を働いた松山藩兵と幕府兵は奇兵隊と戦うことになったが、銃器で勝る奇兵隊は地元住民の地の利を心得た援護も受けて圧勝し、敵を生け捕りにした。

松山藩は後日長州藩に詫びを入れて、捕虜となった自軍兵士を引き取った。

こうして周防大島口での戦争は晋作作戦の完勝で終結した。

晋作は村上水軍頭領と奇兵隊幹部を連れて、山口政庁の敬親藩主と世子と木戸孝允に完勝報告をした。勿論俊輔や聞多も同行した。

三名とも非常に喜び、同席した上総や大村益次郎も当然だという顔で聞いていた。

一方、益次郎を最高指揮官とする安芸口の戦いは、当初幕府軍に押されて苦戦していた。

現地からは安芸の戦場に入らずに、銃の性能が格段に優れる長州藩兵が必ず勝つという指示だけで指揮する益次郎への不満が噴き出たが、やがて益次郎の言う通りに戦況が長州優勢に展開し、最後は長州側が勝利した。

山陰側の益田口でも最初は安芸口と似た展開だったが、ここでは途中から益次郎が現地入りして指揮し、益次郎が言ってきた「格段に優れた銃の性能」を活かした戦い方を徹底して益田から幕府軍を撤退させ、山陰側の本拠である浜田城まで迫った。浜田は長州藩見張り用に徳川の親藩が治めていたが、最後には浜田藩は浜田城を明け渡して逃げた。

晋作による周防大島口完勝報告会が終わると敬親の計らいで鯨鍋が振る舞われた。

「村田清風翁以来の仕来《しきた》りじゃ。目出度い大きなことが出来たときには鯨に感謝して全員で祝うのじゃ。今の時期なので塩鯨じゃが、とても美味いぞ」

敬親はそう言って真っ先に酒杯を飲み干し鯨汁に箸を付けた。

村上水軍の頭領が言った。

「今回の幕府軍艦攻めには長州捕鯨の鯨組の者も奇兵隊の一員として参加しており機転の利いた動きをしてくれました。鯨組の組員は冬場の仕事だけなので、今のような梅雨時や夏場は漁師をやって暮らしていると言っていましたがその者は奇兵隊の募集が鯨組の浦まで届いた時に志願して奇兵隊員になった次第で、百姓上がりが多い中では異例の出自です。

名は次郎吉と言って次男坊ですが身動きが早く俊敏です。この次郎吉が幕府軍艦を鯨に見立てて生け捕りにしようと申し出たのです。幕府軍艦駆逐の戦いの基本型はこんなものでした」

敬親が答える。

「そうか。この度は見事な巨鯨を仕留めたな」と言って皆を祝した。

ひと通り腹拵えが出来たところでお開きとなり、晋作は俊輔や奇兵隊の者達と一緒に山口の政庁を辞して、一路下関の東行庵にいるおうのの元に帰った。

おうのは外の賑やかな声を聞きつけて庵から出て晋作を待ち受けていた。俊輔と奇兵隊幹部はそこで晋作と別れ、自分達は奇兵隊宿舎に帰っていった。

庵に入るや晋作はいつものようにごろりと畳に横になり、鼾をかいて眠り始めた。おうのはすぐ傍に布団を広げて晋作が寝返りを打ったときに布団に移れるようにした。

翌日には晋作はまるで金比羅詣での続きのように商人姿に身を包んで、おうのと一緒に正一郎の便船に乗せてもらい小倉口まで昼食を受け取りに出かけた。小倉城下での幕長戦争の噂や小倉藩の幕長戦争準備をそれとなく視察する狙いだった。

小倉城下は相も変わらぬ賑わいがあって周防大島口の緒戦で幕府軍艦が長州軍に完敗した話などで持ちきりだった。

晋作とおうのは小倉口の帰りにその日の夕餉のおかずや食材を買ってきて、おうのが調理し、俊輔や聞多らを招いて酒と食事を取りながら幕長戦争の最新情報を共有し合った。二人からは安芸口や益田浜田口、大坂の家茂将軍などの動向について報告があり、それに対する藩主や木戸首座や大村の反応などが付け加えられていた。

この日は珍しく正一郎が訪ねてきた。

「開闢隊長殿」正一郎はそう言って親子ほど年下の晋作に部下としての敬礼をして一座の中に入ってきた。

「一つ気付いたことがありまして、急ぎお耳に入れておいた方が宜しいかと思い馳せ参じました」

「何事じゃ」晋作が一座の後ろに座った正一郎に尋ねる。

「奇兵隊員を船に乗せて戦うことが増えますと、静かな瀬戸内海でも船酔いが酷くて使いものにならない者が三割は出てきます。ご承知とは存じますが、船酔いばかりは頭や体の立派さとは別物です。ですから奇兵隊員全員を早い時期に一人一人見極めておいて三組に分けて訓練しておくことが大事だと気が付きました」

晋作が直ちに頷く。晋作自身船に強い方ではないからだった。

六六年六月七日に周防大島口への冨士山丸の艦砲射撃から始まった幕長戦争は将軍家

茂の当初の必勝戦略に反して彦島占拠を最後に攻撃占拠するというものだった。彦島に一〇〇〇トンの巨大戦艦冨士山丸が瀬戸内側から入れないという理由からだった。

つまり家茂戦略の彦島を占拠して長州の金蔓地域を幕府直轄地に召し上げて北前航路を幕府が押さえることで武力で日本一を見せつけると同時に日本最強の経済力も確保するという目論見に則った幕長戦争開始という流れは出来なかった。

戦術論で言えば緒戦を大勝利で飾るという戦の鉄則は完全破綻したまま周防大島口で幕長戦争が始まった。

家茂がどこまで見通していたかは不明だが、結果を見ると真逆となったように思われる。

もし瀬戸内海と反対側の玄界灘から彦島を艦砲射撃して彦島を無人にして天領にすると宣言すれば、長州軍を率いている晋作や木戸孝允ら主戦論派の執行部に対する大きな動揺が起こり、幕府との協調を第一にする椋梨藤太らの一派が勢いを盛り返して幕府軍の圧倒的優位は定まったのではなかったか。長州藩は再び幕府協調路線に復したのではないか。晋作はそうも思って改めて緒戦が関門海峡でなかったことに安堵し、今回の幕長戦争は長州側が完勝出来ると確信した。

晋作は周防大島から丙寅丸で東行庵に帰るや休む間もなく東行庵に白石正一郎、山形有朋、伊藤俊輔、井上聞多らを招いて自分の作戦を掘り下げ練り続けた。

六月十日に周防大島と隣接する安芸口の戦いの火蓋が切られ、同日に日本海側の益田口の戦いも始まった。

しかし奇妙なことに、安芸口も益田口も長州側の国境領域に攻め込んではこなかった。幕府軍側が腰が引けた攻め方をとっていることを晋作は確信した。この二つの戦場とも幕府の直轄軍が先頭に立って戦いを主導しているのではなく、安芸口は安芸藩の兵が、益田口は浜田藩の兵が主導して戦っていた。晋作はここでも幕府と諸藩の混成軍である今回の幕長戦争が、幕府の直轄軍以外は皆本音では長州軍とは戦いたくないと思っていると見た。

つまり、長州領地に攻め込んで地の利も弁《わきま》えず苦戦して多大な犠牲者を出すのを避け、幕府の命ずる通りに長州軍を攻めたという口実作りの為の戦闘だということだ。そしてこの諸藩軍と長州側との戦いは、晋作が有朋ら奇兵隊員と体験を共有した絵堂太田の戦いと本質的に同じだと見抜いた。

諸藩軍という敵には奇兵隊が身に付けている散兵戦術と天辺戦術が効果的だということだった。銃を全員が持ち、しかも敵の銃よりも最新鋭で時間当たりの発射数が数倍多く、正確だ。大砲もしかりで、長州藩軍の方が圧倒的に優秀だった為に、敵は最初から苦戦を強いられた。

敵は自国の領土内で戦っているのに地の利を活かした軍隊の活用が出来ず、散兵戦術で自軍を射撃してきた長州軍を撃ち殺せなかった。

長州軍の狙撃兵は身を乗り出して高い場所から狙撃し、その狙い通りに自軍兵が倒れても発砲すると同時に身を隠してまた別の所から現れる。諸藩軍は狙撃されるとすぐに自軍で寄り集まるから、そこをまた狙撃され命中する。諸藩軍はパニックに陥り、更に犠牲者を増やしていった。

そして戦闘地域の住民の思わぬ動きが諸藩軍を苦しめ、更に長州軍を利した。戦闘は同じ場所で長時間続き、それが二日も三日も続くこともある。長州軍は地域住民に家屋破損や作物に被害を出してしまった場合はお見舞いをして償う動きを徹底していた。このことはやがて住民全員が知るところとなり、諸藩軍はこの点で何の詫びも補償もしなかったことから住民に見放されていった。

奇兵隊では当たり前となっていたこの地域住民への対し方の違いは、時間が経過するほど長州軍の評価を高め、自国軍の評価を落としていった。奇兵隊での当たり前は長州藩内での当たり前であり、関ヶ原惨敗以来藩民が身分を超えて助け合う相互扶助の関係作りで生き延びてきた長州藩の一億一心の気質によるものであった。

一方、安芸藩の藩風は毛利輝元が徳川家康に広島を取り上げられて福島正則が領主になり、その後幕府の意向で長州封じ込めの為に配された外様《とざま》の浅野の家風はもっぱらお家第一主義で、徳川の為とか毛利の為という考えはなかった。

結局安芸藩は幕府要請を受けて場所を提供したものの兵は参加させなかった。幕府への形だけの義理立てをしただけで兵の参加を見送り、長州藩への最低限度の中立を貫いた。

だから芸州口での戦闘は、一〇〇人規模での幕府直轄軍と紀州軍で奇兵隊仕様の長州藩軍と戦った。

幕府直轄軍は銃も兵員も優れており長州藩軍を手こずらせたが、直轄軍よりも大人数の紀州藩軍は関ヶ原決戦仕様で奇兵隊仕様の長州藩軍の餌食とされ、結局この安芸口での戦闘は長州藩軍が勝利する。

浜田藩は一橋慶喜の実弟が藩主となっている、いわば将軍家茂に近い徳川身内の藩だが、ここでの戦いは浜田藩だけで長州軍を攻撃した為、奇兵隊仕様の長州藩軍の餌食となった。この口では途中から大村益次郎が戦場の指揮所で陣頭指揮し、やがて益田から浜田城まで浜田藩軍を追い詰めた。浜田藩軍は最後は浜田城を焼いて藩内から逃走した。遠く松平津山藩を頼って落ち延びた者もいた。

いずれも戦闘が開始された翌月七月の出来事である。

晋作は周防大島口の戦いから丸一日東行庵で作戦を練り上げるや、再び丙寅丸の指揮所に陣取って小倉口を攻め始め、大島口から転戦した奇兵隊を上陸させて戦闘を開始した。相も変わらぬ攻めの連続技を繰り出したのである。

こうして幕長戦争の決戦場となる小倉口での戦いも六月に開始された。

晋作は絵堂太田の決戦で見せた長州正規軍の戦いぶりを振り返る中で、関ヶ原以来の伝統に縛られている幕府軍側正規軍の致命的な弱点を再確認しそれを掘り下げた。武器以上の最大の弱点は軍隊としての組織力にあると見定めて、家柄だけで大将となっている若い小笠原壱岐守《おがさわらいきのかみ》を頂点とする幕府側の組織に最大の亀裂を入れることだ。そう思い定めた作戦を考案した。

それは将軍から副将格とされる戦闘現場での最高指揮官小倉藩主小笠原壱岐守の心胆を震え上がらせることだった。実戦経験ゼロの彼を恐怖に陥《おとしい》れ戦場から逃げ出すように仕向ける作戦を練り上げる。

晋作はこの為に根来上総に長州軍の完全勝利を吹聴する宣伝要員を小倉城下に配置し

て、小倉城内にいる小笠原壱岐守に大げさに届くよう手配してくれと依頼した。こうした役割は忍びの伝統的な技の一つであり、上総が根来衆の子孫を今も束ねていることを知っている晋作は、この面でも根来上総に期待した。上総は名誉ある役割、根来衆挙げて務め上げますと答えた。

小倉沿岸での海戦では三田尻で力を借りた村上水軍の知恵と力を再び借りた。幕府側の大型船に対して、伝統の小型和船で闇夜と海の潮の変化を活かす小技の戦いで幕府大型船を翻弄し、各船の船長にこの海域から逃げ出すよう仕向けることにした。

晋作は呼吸を五回止めて気迫を込め、小倉城で指揮する小笠原の姿を心中で何度も見据えて最大弱点を見定めた。

見えた。

一つは寝入り端《ばな》の夜討ちと未明討ち。具体的には大砲を小笠原が眠る天守閣に命中させることだ。命中確率の最も高い場所を選んでそこに長州藩軍艦を停泊させて、船から大砲を発砲させる。

二つは大砲の砲撃と同時刻に小倉城内の火薬庫を爆発させることだ。これは根来衆に依頼しよう。根来の忍びを小倉城に忍び込ませていて長州軍艦からの大砲の音に合わせて火薬庫に火を付け爆発させる。

晋作はこの作戦を闇夜で風の強い日に決行すると決めた。

それは、その日の夜だった。晋作から根来と長州海軍と奇兵隊に慌ただしく軍令が発せられ、その通りに実行された。

その日未明、小倉城天守閣を目指した大砲が続けて五発小倉城を揺るがした。寝静まっていた小倉城下は家から沢山の人が飛び出て騒ぎだした。長州軍が攻めてきた、海から小倉城が標的として攻められているらしい。立て続けに小倉城の内部から大爆発が起こった。小倉城が落ちたらしい、逃げろ、このままここにいたら城下町も火の海になってしまうぞ。

城下町は上を下への大騒ぎになった。城下町の番所から城に様子を確かめに役人が馬で急行すると、城内はそれ以上に大混乱に陥っていて小倉城築城以来最大の喧噪に包まれていた。

小倉城下の混乱や城内の大砲着弾や火薬庫爆発での被害で、死者や怪我人が多数出た。藩主の小笠原壱岐守は頭が真っ白になって我が身が安全にこの危険地帯から逃れることしか考えなかった。壱岐守は戦闘の最中で極度に余裕を失って、我が身はこの戦場で死のうとも敵に勝つことを優先すべきという最高指揮官としての心得を思い起こすこともなく、何ら反攻する命令も下さず脱兎の如く小倉城を脱した。

大砲を撃った長州軍艦から小倉城の城下町を見据えていた晋作は、現場からこの報告を受け、城内にある全火薬庫の徹底爆破と小倉城の放火を命じた。

一刻後。小倉城の城下町の混乱は最早手が付けられない状態に陥った。まだ夜の明けない海上の丙寅丸の艦上からそれを見守っていた晋作は完勝したと確信した。

飛猿が息せき切って駆け寄ってきて、晋作の耳元で囁いた。将軍家茂が死んで富士山丸で大坂から江戸に送られたらしい。

晋作はすぐに合点がいった。敵の最高指揮官が急死したから敵は四境のどの口でも退却が本格化したのだと。そして「原因は何じゃ」と聞いた。

飛猿が即答する。

「脚気という病が悪化して死んだと言われております」

晋作は脚気という病気を知らなかった。晋作だけでなく当時の人は脚気の予防法も治療法も分からず、葛根湯などの漢方薬で体力を付けて元気になる方法に頼っていた。

蘭方医の大村益次郎が将軍家茂の主治医であれば恐らくは違っていたのであろうが、彼は将軍の敵である長州軍の最高指揮官となっていて、それに匹敵する幕府側の蘭方医はいなかった。

脚気の原因は今でいうビタミンＢ１の不足である。ビタミンＢ１は現在の食事で言えば豚肉に豊富に含まれており、家茂が毎日豚肉を大量に食べていればそもそも脚気にならなかったのではないだろうか。

しかし将軍家茂はこの日本史の大事な節目で脚気に命を奪われ、二十歳余りであっけなく死んだ。

丙寅丸の艦上から小倉城が爆発炎上してゆくのを見つめた晋作は改めて、勝った、幕府に完勝したと確信した。

途端に晋作の体の緊張が解けて、腑抜けになった。その全身を包むように七月の小雨が降り始めた。小倉城下南方から雷鳴と稲妻が光る。

丙寅丸が浮かぶ海全体に霧がかかると海霧はどんどん濃く深く広がり、九十四トンの丙寅丸全体をスッポリと包んでいった。晋作の服が濡れていく。

晋作はいつしか立ったまま目を瞑り、この海霧の滝に打たれていた。

これまで心中で思い描いてきた家茂将軍という七歳下の敵の総大将に向かって無心に頭を垂れていた。そして、何の勝ち戦も出来ずに二十歳という若さで死んだ人間が遺した足跡について思いを巡らしていた。

この若者が長州藩潰しを主張し、反対する薩摩の西郷や大久保の制止を振り切って大坂城に出向き、諸藩に第二次長州征伐を高らかに宣言しなかったら幕長戦争は起こらなかった。薩長は互いに反発し合いながら、薩摩は幕府から重用され、長州は幕府から冷遇されながら幕末の日本で生きていた。薩長同盟の密約も成立せず、幕府軍は圧倒的な強さで長州軍に圧勝し、長州藩は薩摩に次ぐ雄藩として台頭することもなかった。

幕長戦争は日本史の新しい大きな扉を開く主役として長州藩を押し出してくれた。その主役は自分が創設した欧米列強に対抗可能な日本式藩民軍だった。

家茂は奇兵隊という歴史を切り拓いた怪物の素晴らしさを、様々な場面で幕府軍と幕府軍に参加した諸藩軍に見せつけてくれた。

勝ち戦をする為には一人一人全員に敵よりも何倍も殺傷力のある銃を持たせ、集団戦の切り札である散兵戦と天辺からの狙撃戦を全員で展開することが最も有効である。

また戦闘地域ではそこに住む住民一人一人を味方に付けることが勝敗に直結している。住民を味方にするには住民に寄り添い、住民福祉の視点から犠牲になったことに対して直ちに詫びて償いの誠を示すことが最も重要である。晋作は奇兵隊としてこれまで長州藩正規軍との決戦から学び続けてきたことを思い起こしていた。

晋作は体の冷えを自覚して艦長室に下りていった。しかし冷えは止まらずガタガタ震えがしていた。やがて熱が出て目眩がしだした。晋作は室内で横になり休んだ。

丙寅丸が向きを変えて走り出すのが分かった。晋作は起き上がり再び室内から甲板に出た。副官の福田と飛猿がピッタリ横に付いて動く。

晋作は艦上の指揮所から再度小倉城を見ようとした。しかし小倉の城下町は深い霧に包まれて長州軍の更なる攻撃を阻んでいた。

晋作は福田と飛猿の「艦長室へ戻りましょう」という言葉を無視して艦上に立ち続けた。

北から日本海。西から玄界灘。東から瀬戸内海。南から豊後水道といった四つの潮の流れが入り込む複雑で流れが速い関門海峡の潮は、晋作の眼下で忙しい音を上げ白波を立てつつほとばしり続けている。

晋作は有朋らに全軍の戦闘停止を命じた。

一八六六年七月二十九日。幕長戦争完勝。

その途端、晋作から一挙に精気が失せた。

晋作は第二次長州征伐では独立国長州を掲げて大割拠論を唱え、大村益次郎と分担して幕府軍との決戦に完勝して倒幕第一歩の鮮やかな実績を残した。

晋作は東行庵に直帰し玄関に入るや出迎えたおうのに倒れ込んで辛うじて息をしているだけだった。晋作はいつの間にかおうのの柔らかい餅肌の虜になって身も心も疲れから解放されている自分になっていた。おうのは亭主の好きな赤烏帽子《あかえぼし》そのままに我も張らず、晋作の身も心もそのまま受け入れて、その中で晋作が好む三味線や糠漬けなど自分好みにも合うものもさりげなく付け加えて晋作と共に楽しむ女性だった。

寝床に寝かされた晋作はまた大きな喀血をした。

晋作が大喀血して倒れたという知らせは幕長戦争完勝の知らせと同時に藩主敬親始め関係先に伝達され、萩の高杉家にも届いた。

敬親は自分の掛かり付け医を直ちに東行庵に派遣して診察させた。高杉家からは正妻お雅が東一を連れて看病をしに来る予定で、その道中に母・道も一緒に参加すると言う。

晋作はお雅が見舞いに来るという知らせを聞いて困ってしまい、傍で晋作の万の世話をしている俊輔に相談した。

晋作が倒れて以来陰日向なく看病しているおうのとお雅が鉢合わせして女同士の修羅場になることを案じたのだ。晋作はこの期に及んで初めて、お雅に対して東一を産ませただけで何もしてやらなかった己の至らなさに気が付き、お雅への申し訳なさに打ちひしがれた。

しかし今この東行庵で動けなくなっている自分を心を込めて介抱しているのはおうのだ。加えておうのは老いた野村望東尼《もとに》まで実母と接するように世話をしている。

晋作は伊藤俊輔に知恵を求めた。

「俊輔、おれはどうすればいいんだ。教えてくれ」

俊輔は即答した。

「おうの殿と鉢合わせしないようにしましょう。その為にお雅殿とご嫡男と母上は東行庵とは別の場所に泊まっていただき、ここ東行庵には見舞いだけで来ていただきその時はおうの殿にはどこかに隠れていてもらいましょう」

晋作が聞く。

「お雅と東一と母上はどこに泊まってもらう？　おうのはどこに隠す？」

俊輔は考えが行き詰まり有朋に知恵を求めると、お雅と東一と母道には白石邸に泊まってもらい、おうのにはこの三人が東行庵に見舞いに来たときだけ東行庵三階の自室に隠れていてもらうという解決案を出してきた。そして晋作の介護が十分に行き届かないところは奇兵隊の介護兵二名が一階で寝泊まりしている望東尼の部屋に寝起きして食事を含めた世話をしているということにした。

俊輔と有朋は揃って晋作の寝床にやって来てこの解決案を示した。晋作は安堵して了解し二人に感謝した。

大喀血した晋作は萩の自宅に帰ることなく東行庵で養生した。

寝込んで二カ月が経った頃、晋作は辞世の句を遺そうと傍にいた勤王婆さんの望東尼に紙と筆を貰うとおもむろに書きだした。

「面白きこともなき世を面白く」一気に書き殴って晋作の筆は止まった。

晋作の全身を熱く燃やし続けてきた真っ赤な炎が突然消えた。

晋作は目を閉じた。目に映っているのはそれまでの原色の世界ではなく、白黒の墨絵の世界だった。

やがて晋作は紙を布団の上に置き、軽い寝息を立てて眠った。

一時間余りの眠りから目覚めた晋作の顔の上にいたずらっ子のような顔をしてニコニコしている望東尼の顔があった。紙には辞世の下の句が付け加えてあった。「住みなすものは心なりけり」と書かれていた。

そうかもしれん。

そう思いながら晋作は「面白いのう」と言って再び目を閉じた。

俺は歴史の嵐の本質だけを見据え、押し寄せる風雨に向かって天衣無縫に舞った。そのことだけに集中して今日まで来た。大目標はブレずに掲げてきたが一切の損得計算をせずに赤心《せきしん》だけで今という時に集中して全てを燃やして生きた。

死んだ後どうなるのか。そんなことは考えたこともないし考えようとも思わない。ただはっきりしているのは、俺は舞の舞台から降りるということだ。

晋作には「踊り尽くして果てにけり」という句も浮かんできたが書けなかった。この床に伏したまま死んでゆく己の悔しさを、人様に曝け出すようで厭だった。

晋作は死の床に伏している時に見舞いに来たお雅を連れていつもの座敷に行き、せめてお雅に俺が一番楽しいと思うことを紹介して死のうと「芸者を全部集めて待ってろ」と奇兵隊員の侍者に伝言を命じた。

「俺の正妻お雅に俺が大好きな芸者遊びを見せてやるんだ」と言って、お雅を籠に乗せ自分もいつもの籠に乗って無理矢理東行庵を出た。

しかし晋作の残りの命はこの遊びをやり尽くすほど残っていなかった。そこで晋作は途中で籠を引き返させた。前回同じようにして芸者遊びに興じた時、お雅はちっとも面白いという顔をしていなかったのを思い出したからと理由付けして。

帰ってきた晋作はお雅と東一が枕元で自分の寝姿を見つめている時、改めて「何もしてやれなくてごめんな」と詫びた。お雅は俺の鞘に収まる女ではなかった。俺という我儘者をそのまま受け入れる鞘となって、俺の意のままになったのはおうのしかいなかった。俺はおうのの鞘の中で疲れや新しい発想の閃きや全てを吐き出して新しい命を貰ってきた。そのことを晋作は心中で黙然と噛みしめた。

お雅は涙ぐみ、晋作同様瞼に涙を一杯溜めておうののことは受け止めていたという。お雅の側で見聞きしていた東一には両親が流した涙の深い意味は分からないまでも二人が泣いている姿をしっかりと瞼に焼き付けた。

幕長戦争が完勝出来れば自分の出番は完全になくなると晋作は見切った。そして、幕長戦争完勝に命を燃焼させ、その通りに生きた。

死の床に伏す晋作は、萩の自宅から急行して到着した父の小忠太、その前から来て有朋の周旋で白石邸を宿とした母の道と妻のお雅、嫡男の東一に見守られながら死んだ。

一八六七年四月十四日、晋作死去。

晋作は結核で大喀血してから三カ月余りを生きて、二十七歳七カ月の生涯を完全燃焼して死んだ。

晋作の亡骸は棺桶に収められその日のうちに下関吉田の清水山の埋葬地に運ばれた。葬儀全体は白石正一郎が平田篤胤式の神道流で仕切り、奇兵隊は山縣有朋が「奇兵隊開闢総督高杉晋作」と大きく記した白旗を靡かせて先頭に立ち、全軍三〇〇〇名がズタ袋のような奇兵隊正装姿で参列行進した。

隊員は一人一人銃と赤々と灯った松明を持って、姿勢を正して行軍した。

小忠太は晋作が大罪人として監獄の塀の内側に落ちなかったことにひどく安堵し、道は晋作の盛大な葬儀を見て、「晋作よ、でかしたな。敬親公まで巻き込んで長州や日本全体をブリ回した見事な生き様だったぞ」と、心から喝采して喜んだ。

お雅は明治になって晋作のことを聞かれた時に「結婚生活は五年だが、同居は五十二日なので夫晋作のことは全く分からない」と答えている。

晋作は酒と女と三味線が大好きで、十六歳で娶《めと》ったお雅と嫡男・東一は萩に置いたまま、活動拠点の下関では芸伎だった愛妾・おうのにどっぷり浸かった生活を送った。

家族それぞれが晋作に惹かれ、三者三様の晋作への思いだった。

晋作が家族や古里長州藩民に遺した最大のものは、家族や長州藩民がどこよりも高い誇りを持って生き抜けと教えたことだったのかもしれない。

後日のことになるが、一九一一年（明治四十四年）五月、晋作の墓地に伊藤俊輔こと初代総理大臣伊藤博文の言葉で、

『動けば雷電の如く、発すれば風雨の如し。

衆目蓋然として
あえて正視するなし。

これわが東行高杉君に非ずや』

と刻まれた碑が建てられた。

この墓碑は伊藤博文の少年時分からの親友だった山縣有朋が後援して、奇兵隊駐屯地でもあった下関吉田の墓地に建立された。

除幕式には長州ファイブの一員として共に幕末のロンドンに留学した伊藤博文の親友である聞多こと井上馨や晋作が戦場にある時の従者を務めた福田らが出席して盛大に行われたという。

伊藤博文は十歳の時に天狗寺で晋作と知り合って以来晋作に可愛がってもらい、晋作の手下となってきた。俊輔が十歳で初めて晋作に会った時から、晋作は嵐そのものだった。俊輔は晋作に歴史の嵐が付いてきて大嵐になった場面を何度も見てきた。晋作が嵐になって新機軸を切り拓き、歴史の嵐がそれを追い掛けてきて晋作の嵐と合体した。俊輔にはそう見えた。

俊輔は晋作への周囲の支援と歴史の風で、事態が晋作にとって最適な方向に急展開する場面を幾度となく見てきた。晋作は単に湧き出る激情の赴くまま天衣無縫に行動するだけであったが——。

凧は風を受けて初めて空に上がる。

萩の遥か沖合い四十五キロメートルにある見島には神功皇后の時代から国境警備の為

の防人（さきもり）が駐屯し、今も自衛隊基地が置かれて異国の侵入に目を光らせている。見島はまた江戸時代には北前船の避難港でもあった。

この見島には古くから「鬼ようず」と呼ばれる大凧がある。晋作が考え出した奇抜な新機軸は、この大凧に喩えるのが相応しいかもしれない。晋作の新機軸は歴史の大風を受けて初めて大空高く舞い上がることが出来たのだから。

一方、俊輔自身は晋作亡き後の明治になってから、維新政府の近代化路線を先導する薩摩の大久保利通の腰巾着となって新政府の新機軸成立に尽力した。

俊輔と松下村塾で共に学び遊んだ少年時代からの親友である有朋は、除幕式当日は多忙で式典には参列出来なかったが、後日この墓碑を訪れて伊藤博文の碑を正面から見据えて、独り言のように述懐したという。

「俊輔。君とよく話したな。農民の子で明倫館には入れない君と、同じく中間《ちゅうげん》の子として明倫館には入れなかった俺、山縣有朋」

高杉晋作は輝元公以来どん底に落とされた長州藩の業火を全身全霊で受け止め上海で

嵐に脱皮し、長州藩の業火を燃やし尽くす嵐になって長州藩の回天を実現した。

歴史の嵐が追い掛けてきてその嵐に合体し、村田清風路線を復活させる周布政之介を受け継ぐ桂小五郎、つまり木戸政権が成立した。

新政権の中で高杉晋作は幕府軍に完勝し、大村益次郎と相まって幕府の出鼻を完全にくじいて、新しい日本の歴史を開いて駆け抜けていった。

有朋は少年時代からいつもそうだったように、表に出ることなく静かに心の中で俊輔との対話を思い出しながら、いつまでも墓碑の言葉を見つめていた。

晋作は自分が亡き後の奇兵隊は大村益次郎に指示を仰げと有朋に遺言した。

その大村益次郎は六九年十二月七日、刺客の凶刃《きょうじん》に倒れて死去した。

山縣有朋が統率する奇兵隊は晋作の遺言を忠実に守り、七七年一月二十九日から九月二十四日までの西郷隆盛の西南戦争の乱にも、益次郎が指示した新鋭大砲を大量に準備して勝利し、日本陸軍の中核として存在感を増した。

一方、西郷隆盛を頂点とする薩摩の伝統的な結束で形成されていた薩摩藩勢力は、大久保利通を除き西南戦争完敗でその殆どの者が死んだ。西郷隆盛は歴史の気圧配置が夏から冬に移行する時期に吹く破壊の嵐に乗って登場したが、歴史の新機軸を拓く人とは無縁だった。また長州の木戸孝允は西郷が自決したのとほぼ同じ時期に病没した。

明治維新の三傑と呼ばれた西郷、大久保、木戸のうちの大久保利通も、士は己を知る者、つまり西郷の為に死すという薩摩イズムを信奉する浪士によって暗殺されてしまった。西郷が西南戦争に敗れて自刃し、残った薩摩イズムは情熱のはけ口を失ってしまったからだ。その結果、明治維新実現の最大の中心人物として陣頭指揮してきた大久保利通は七八年五月十四日に殺害された。

大久保の後継者である伊藤博文は初代内閣総理大臣を務めて憲法や議院内閣制度を主導して明治政府の骨格を固めたが、一九〇九年に満州のハルピンで日韓併合を仕切った恨みを買って独立運動家の安重根に暗殺された。六十八年の生涯だった。

倒幕を実現した主要幹部のうち陸軍省幹部となった山縣有朋ら功山寺決起時点からの奇兵隊員が生き残り、日清日露戦争勝利を経て派閥の勢力を強め、そこから長州生まれの陸軍出身総理大臣が何人も輩出されて長州閥と言われるまでになった。

一八三八年生まれの有朋は晋作や大村益次郎亡き後も、松下村塾と奇兵隊創設の時分から晋作近くに身を置いて俊輔の話の聞き役となって市民軍という初志を一貫して持ち続け、最後まで裏方として黙々と汗をかき、一九二二年に八十三歳の天寿を全うして死んだ。


奔流に飲まれ破滅の危機に直面する幕末の長州藩を、新機軸を打ち出しては次々と波乗りに成功して危機を乗り越えさせ、ピンチをチャンスに変えて死んだ若者高杉晋作。

狂風が吹き荒れる日本史の大転換期を、強烈な光芒を放って駆け抜けていった長州士高杉晋作。

晋作はものごとを根源までトコトン掘り下げてその真因を掴み、それを踏まえた上で、長州藩と日本国を俯瞰する視点から大目標を設定して、成功まで奔走した。

晋作を駆り立て晋作に関わった人の心を心底から揺さぶったもの。それは晋作が醸し出す赤児そのままの高い誇りと生来持ち合わせている溢れんばかりの純真な情熱。その迸りだったのではなかろうか。

晋作は晩年大借金で大きく傾いた白石正一郎救済の為に、藩政の要路に幾度となく手紙を書いて世話することを繰り返した。自分を匿ってくれた勤王婆さん野村望東尼を姫島から救済して下関に住まわせる気配りもした。

晋作の志と大目標は大久保利通や伊藤博文らの手で一五〇年余り後の今日まで脈々と受け継がれ発展を続けている。

晋作と倒幕維新の志を同じくし、私財を投げ打って歴史の大嵐の中を突っ走った白石正一郎は、維新後は東京からの誘いを断り、毎日眼前の関門海峡の潮を目と耳と肌で感じ取りつつ、下関の赤間神宮の二代目宮司となって八〇年八月に六十八歳で死んだ。

歴史が大きく転換するときには既存秩序が根底から破壊され尽くして、新しい社会秩序が誕生する。この転換の時期には世の中に狂気の嵐が吹き荒れる。

歴史の転換を生み出す時期の狂気の舞台はいつも都だが、その狂気の源流は決まって辺境の地である。

長州藩。今の山口県。本州最西端の位置のせいか、この地には日本史の底に溜まった澱《おり》のような不思議な歴史がある。

この辺境の地には神功皇后の昔に朝鮮半島との攻防の最前線基地が置かれ、源平が争った時代には決戦最後の地となり、平家の落人が多く隠れ住んでその子孫は今も生き延びている。萩市街の沖合に浮かぶ萩大島には長岡、刀禰、池部、国光、吉光、豊田、貞光を名のる七旧家があり、これらは平家の落武者の子孫といわれ島の中心勢力になった。

そして今から一七〇年前の幕末には長州藩は薩摩藩と並んで近代日本の扉を開け、明治維新を主導した一方の雄となって近代日本の魁《さきがけ》となり大きな役割を果たした。

〈著者紹介〉
原 雄治（はら ゆうじ）
1947年、400年の歴史を持つ漁師町である山口県青海島の通（かよい）生まれ。東京大学に進学するも大学紛争が起こり、図書館で古典を読み耽る日々を送る。卒業後、東燃化学株式会社に入社すると、赤字部門の黒字化に成功。その後、私立の高等学校校長の誘いを受け、同校の経営抜本改革に挑戦する。現在は古里に戻り、通が直面する消滅の危機を案じている。

晋作《しんさく》に銭《ぜに》を持《も》たすな

2024年11月28日　第1刷発行

著　者　　原 雄治
発行人　　久保田貴幸

発行元　　株式会社 幻冬舎メディアコンサルティング
〒151-0051　東京都渋谷区千駄ヶ谷4-9-7
電話　03-5411-6440（編集）

発売元　　株式会社 幻冬舎
〒151-0051　東京都渋谷区千駄ヶ谷4-9-7
電話　03-5411-6222（営業）

印刷・製本　中央精版印刷株式会社
装　丁　　稲場俊哉

検印廃止

ISBN 978-4-344-94934-8 C0093
幻冬舎メディアコンサルティングＨＰ
https://www.gentosha-mc.com/